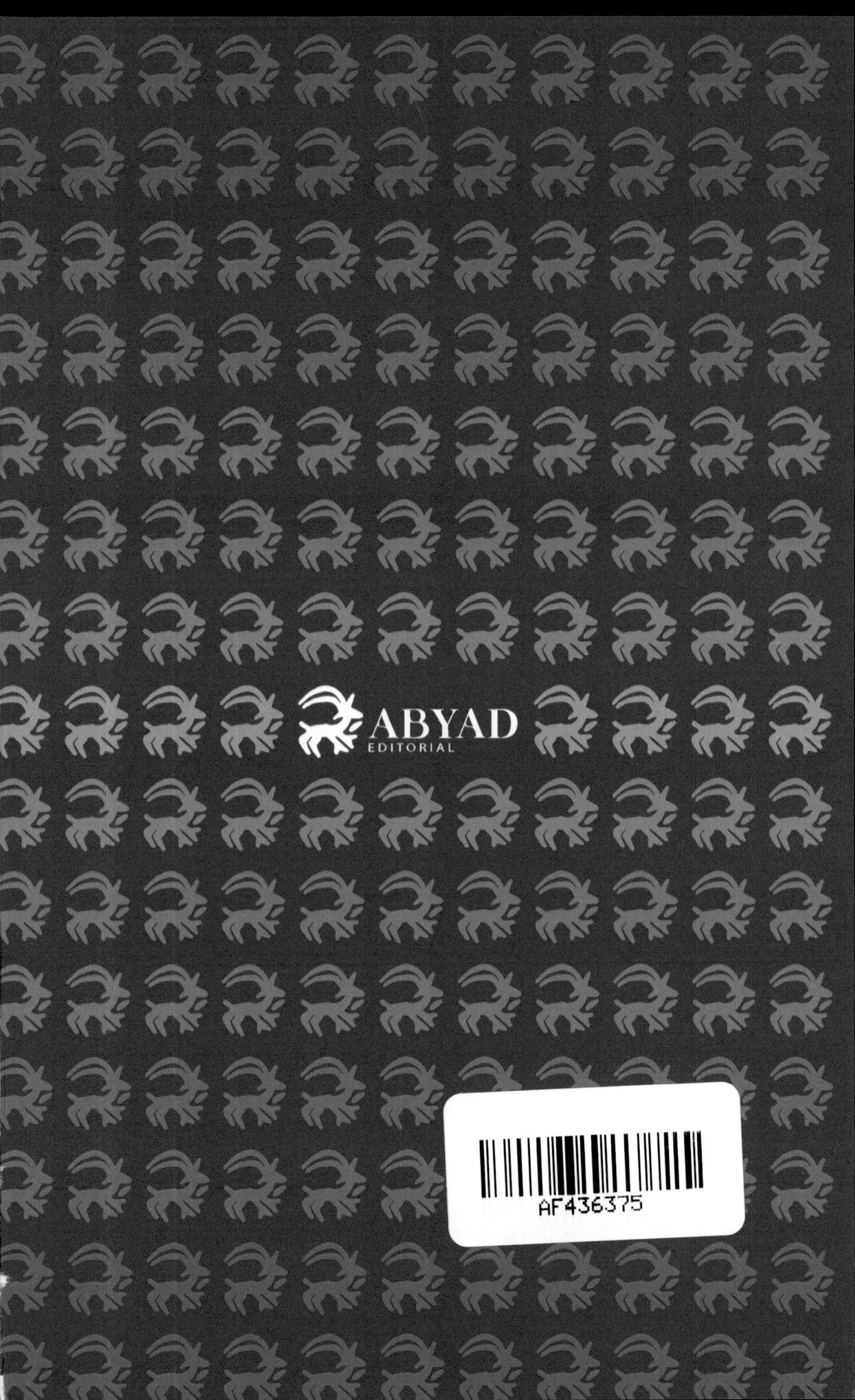
ABYAD
EDITORIAL
AF436375

Doce signos del zodiaco y un epílogo

HISTORIAS CORTAS Y CORTÍSIMAS

Albam Brenes Chacón

EDITORIAL ABYAD

CR863.5
B837d   Brenes Chacón, Albam
DNBL   Doce signos del zodiaco y un epílogo : Historias cortas
        y cortísimas / Albam Brenes Chacón − Primera edición −
        San José, C.R. : AUTOR, 2024.

        122 páginas : 15 cm x 20 cm

        ISBN 978-9968-03-751-8

        1. Literatura costarricense. 2. Relatos-generalidades.
        3. Lectura-recreativa. I. Título

ISBN: 978-9968-03-751-8

© **Doce signos del zodiaco y un epílogo.**
Historias cortas y cortísimas
Albam Brenes Chacón

Primera edición: 2024.
© **Editorial ABYAD**

Dirección editorial: Jose Chacón
Tel. +506 6050 - 0416
Correo electrónico: jose@editorialabyad.com

Revisión de textos: Lucía Zúñiga
lucia.zu.solano@gmail.com

Diagramación interior: Kattia Rigg
kattiaro@gmail.com

Diseño de cubierta: Wendy Bolaños
when08@gmail.com
IG: gwen08

Hecho en Costa Rica
Abril, 2024

Para Aurora Cascante Serrano,
esposa y compañera y amiga y cómplice
y apoyo y guía... y todo...

Para MI FAMILIA... Así, con mayúsculas.
Familia biológica o afectiva… Jóvenes o viejos…
Vivos o en mis recuerdos

Para todas aquellas personas que han sufrido
por mi insistencia en contarles historias

Contenidos

Los dictados de mi conciencia: a manera de introducción

Nací muy poco después de haber terminado la Segunda Guerra Mundial, cuando la consigna de toda la gente que me rodeaba parecía ser la de trabajar y reconstruir. Todos debíamos esforzarnos; debíamos avanzar hacia la recuperación de lo perdido y mucho más. Por eso, no era extraño que, en la época de adolescente, un día sí y otro también, encontrara algún conocido que me preguntara a qué quería dedicarme en la vida.

Al principio, solo pensaba en la clase de actividades realizadas por algunos adultos de mi entorno más cercano: oficinista, panadero, comerciante, albañil, carpintero, docente, médico, abogado, músico… y creo que hasta ahí llegaba mi imaginación.

Al cabo de los años, no me incliné directa o formalmente hacia ninguna de esas ocupaciones, pero sí me convertí en una persona que casi siempre tenía mucho por hacer, alguien que se ganaba la vida y contribuía con su trabajo a reconstruir ese mundo herido por una guerra mundial.

Además, con el tiempo, llegué a creer que —en realidad— nunca escogí ninguna de las ocupaciones a las que acabé dedicándome, sino que "la vida" (esa entidad ignota e incomprensible) me reclutó para ejercerlas. Aún más, he llegado a convencerme de que mi caso no es nada excepcional; de que lo mismo ha ocurrido con la mayoría de quienes han seguido el camino dictado por su propia conciencia.

No entiendo por qué, pero tengo la sensación de que, en esta época de mi vida, lo que dicta mi conciencia (ese pequeño dictador que trata de ordenar mi existencia) es que escriba, que escriba y vuelva a escribir. Me pide escribir cosas distintas a las que he escrito antes.

Tal vez historias que contaría verbalmente si no fuera porque los viejos a veces aburrimos con nuestras narraciones y porque mi voz y mi memoria no me ayudan al contarlas. Me llama a escribir historias que escuché y recordé, o que imaginé en algún momento. Historias breves, como podría ser el tiempo que me quede para escribir antes de mi viaje final. Historias que me hagan pensar, o sonreír o incluso llorar; que me despierten alguna emoción mientras las escribo. Historias que tal vez alguien lea y las convierta en una inspiración para escribir algunas propias… quizás como las que decidí incluir en este librito, aunque de mucho mejor calidad que las mías, sin duda alguna.

Doce signos del zodiaco

Aries

Luis Ángel había nacido a finales de marzo y le habían dicho que era un perfecto ejemplo de los nacidos bajo el símbolo de aries: un clásico "ariano", aventurero, combativo, valiente y seguro, que fácilmente podría alcanzar cualquier meta que se propusiera en la vida.

Eso lo tuvo siempre muy presente en muchas actividades familiares en las que competía por la atención de la gente con un primo hermano suyo, nacido apenas tres días antes que él.

Competían igual que siempre lo hicieron también sus respectivos padres, quienes buscaban quedar bien ante el padre de ambos, el muy respetado abuelo, fundador y dueño absoluto de la empresa familiar donde todos trabajaban.

Lo que nadie sabía, ni sus allegados, era que en su núcleo familiar íntimo sufrían mucho porque Luis Ángel era demasiado nervioso e inseguro. Mucho menos sabían que, cuando era niño, se orinó en la cama hasta los once años de edad y que, a veces, parecía tener miedo hasta de su propia sombra.

De haberlo sabido, habrían entendido por qué, llegado a la vida adulta, aquel primo con quien siempre competía le ganaría la partida final al quedarse con la empresa familiar después de la muerte de sus respectivos padres.

La familia Martius: los muy competitivos

Mario y Marcela compartían las mismas iniciales en sus nombres porque ambos eran de apellido Martius, uno muy corriente en su país y con la misma raíz latina de la que surgió el nombre del mes de marzo.

Aunque no eran familiares entre ellos, estaban convencidos de que había muchas cosas que los unían, por ejemplo, el hecho de ambos haber sido los primeros en muchas cosas dentro de sus familias.

Tanto así que Marcela —graduada universitaria en Historia— medio en serio y medio en broma le decía a Mario que habían sido pioneros en tantas cosas porque ambos habían nacido en marzo, primer mes en el calendario romano.

Ambos habían sido los primeros hijos en sus respectivos grupos familiares, los primeros en acabar escuela, colegio y universidad; los primeros en tener un noviazgo formal y, como era de esperar, los primeros en fijar fecha para su boda: que se llevaría a cabo al año siguiente, por supuesto, en el mes de marzo.

Definitivamente, parecía una verdadera obsesión esa de ser los pioneros en sus familias y de hacer calzar las cosas con el mes de marzo. Una obsesión que se complicó cuando Mario recibió un comunicado de aceptación de una beca que había solicitado para obtener una especialización en México, durante un año, la cual comenzaba precisamente en marzo del año siguiente.

Marcela entendía muy bien que era muy conveniente para ambos que él completara esos estudios y, aunque fuera a regañadientes, aceptó posponer el matrimonio para el siguiente año.

Lo que, un tiempo después, no pudo aceptar fue enterarse de que Mario, ya en México, había tenido un romance con una compatriota que estudiaba la misma especialidad. Además, la chica estaba embarazada y el bebé nacería poco después de marzo siguiente.

Entonces, para ser consistente consigo misma en cuanto a tomar iniciativas, sin ningún titubeo, decidió ser la primera en dar por terminada su relación con Mario en medio de un gran escándalo legal jamás visto en sus familias, con acusaciones de traición, engaño, agresión socio-emocional e incumplimiento de acuerdo tácito.

¡Y se guardó para sí misma unos cuantos epítetos semejantes, por si llegaba a necesitarlos!

La boda soñada

La decoración del lugar se veía como de película romántica. Su traje de novia parecía hecho por una diseñadora de ropa para las celebridades. Todos los invitados estaban en su sitio, con cara de gusto y admiración.

La persona oficiante de la ceremonia parecía estar lista para comenzar cuando se le indicara.

El novio también parecía estar listo, mientras conversaba tranquilamente con su padrino.

Todo estaba perfectamente bien, excepto por los estruendosos ladridos de los dos perros de la casa, que la despertaron de su encantador sueño de boda.

La importancia de ser importante

—¿Cómo hago para llegar a ser importante, doña Carmen? —le preguntaba a su maestra el niño de aquella pequeña escuela rural—, ¿bastará con que termine la escuela y después el colegio y luego vaya a la universidad como usted?

—Entonces, Eugenio, ¿crees que yo soy importante? —le preguntó ella, entre divertida y sorprendida.

—¡Sí, claro! Aquí casi todos queremos ser como usted. La gente la respeta muchísimo y la consultan todo el tiempo para casi cualquier cosa.

***

Treinta años después, esa maestra recibía el Premio nacional al docente del año de manos del director general de educación primaria del Ministerio de Educación Pública, el licenciado Eugenio Martínez.

Este funcionario, antes de entregarle el diploma respectivo, le preguntó con cierto tono de complicidad: "Muchísimas felicidades, doña Carmen, de casualidad ¿usted se acuerda de mí… su exalumno?"

El libro de la abuela

A Dolores (llamada Lola por sus parientes) siempre le llamó la atención aquella idea —atribuida al poeta cubano José Martí— de que antes de morir deberíamos haber tenido un hijo, sembrado un árbol y escrito un libro.

Por vivir en una zona rural, le parecía fácil sembrar árboles y cuidar de estos a lo largo del tiempo. También le parecía muy natural tener un hijo, puesto que su pareja quería lo mismo. Además, como tíos con muchos sobrinos cercanos alrededor, ambos se sentían con bastante experiencia acumulada. Sin embargo, lo de escribir un libro sí que le parecía una tarea cuesta arriba, algo casi imposible, a pesar de su buen nivel educativo y de que siempre había sido una buena lectora.

No obstante, su orgullo personal y su sentido de responsabilidad pudieron más y, en algún momento, decidió comenzar a trabajar en su libro. Escribía en un cuaderno cada idea que se le venía a la cabeza, anotaba anécdotas o historias de parientes presentes o ausentes, alguna ocurrencia escuchada a un sobrino, un comentario o chisme comentado en la pasada reunión de excompañeras de colegio, o alguna situación del país que afectaba especialmente a la población donde vivía.

Unas veces las ideas surgían a borbotones, hasta competían en importancia una con otra. Otras veces parecía estar en época de sequía. El caso es que, en cierto momento, el primer cuaderno de apuntes se llenó y fue reemplazado por un segundo y un tercero, y hasta llegar a un sexto, todos llenos de ideas escritas con esa linda letra que tanto le alababan sus conocidos.

Un día, muchos años después, en la Editorial Regional tomaron la decisión de publicar una primera edición de un libro titulado *Los cuentos de la tita Lola* y se lo comunicaron por correo electrónico a su coautora, Ana Dolores Coto, cuya dirección electrónica era la única en el expediente. Esta era una profesora de español nieta de Dolores, que sonrió con orgullo al leer la noticia y mentalmente se dirigió a su abuela:

"¿Ves, Abuelita, hasta dónde llegaron tus apuntes de historias y cuentos? Yo nunca me cansaba de escucharlos y no te imaginás cuánto influyeron para que escogiera mi carrera. Tampoco podés imaginarte mi alegría cuando tía Carmen encontró tus cuadernos con apuntes y me los entregó mientras me decía que eran una herencia para mí. ¡Así que ya podés descansar tranquila con tus tres tareas cumplidas: sembraste varios árboles, tuviste varios hijos y escribiste un libro excelente!

Perdoná por aparecer yo como coautora del libro, pero eso lo sugirieron en la editorial y no supe negarme, sobre todo porque no objetaron mi prefacio, donde explicaba que en realidad yo solo hice un trabajo de compiladora y asistente técnica de la verdadera autora, que ya no estaba disponible para hacerlo ella misma. ¡Ay, tita Lola, ¡cómo te extraño en este momento tan lindo para las dos!"

Esa noche, Ana Dolores soñó que su abuelita le decía: "Por supuesto que tenías que ser la coautora del libro, fuiste mi motivación para contar y escribir cuentos y lograste descifrar mis garabatos manuscritos y poner orden en mi caos de ideas. ¡Era absolutamente justo!"

Tauro

Había nacido en los primeros días de mayo, pero definitivamente no se sentía un buen representante de los nacidos bajo el signo de tauro, excepto porque se le consideraba persistente y paciente.

Mucho menos actuó como un tauro cuando supo que su esposa lo engañaba con el jefe.

Todos los allegados lo criticaron porque, aparte de ponerse sumamente celoso y posesivo, realmente no hizo nada al respecto.

Algunos malpensados hasta dijeron que por ser tauro era que le habían puesto los cuernos.

La familia Aprilis:
los de una codicia peligrosa

Desde hacía muchos años, la familia Aprilis tenía una gran finca cafetalera en una zona donde más o menos en abril se cosechaba un excelente café de exportación.

Casi todos sus miembros estaban directa o indirectamente involucrados en el negocio, lo que les convertía en una familia y una empresa muy unida por los negocios familiares, en la que los hijos, desde pequeños, se involucraron en el trabajo. Más tarde, esos hijos incorporaron a casi todos sus cónyuges, a sus propios descendientes y a los de los primeros trabajadores que los acompañaron desde el inicio.

Todas eran personas que habían crecido viendo o participando en las diferentes etapas de la producción y comercialización del café. Incluso ya varios de ellos habían estudiado carreras universitarias que los capacitaban para participar o hacerse cargo de una o más de esas etapas.

Había varios agrónomos, biólogos generales, botánicos y graduados en diversas ciencias económicas: desde administradores a contadores y auditores, etc. Casi todos ellos se alejaban un tiempo de la finca mientras estudiaban y, a su regreso, unían sus conocimientos con los de los demás. De esa forma, habían llegado a colocar su café en los mercados internacionales con muy buen éxito.

Durante muchos años, fue claro que gran parte del éxito se debía a que se cuidaban, estimulaban y protegían unos a otros. Y así fue hasta que los ingresos crecieron tanto que algunos miembros de la familia se volvieron codiciosos; tanto que decidieron reducir su atención a la empresa para dedicarse a otras cosas personales.

La empresa entró en un franco declive y la familia en abierta ruptura. Unos inversionistas externos muy experimentados lograron salvar la empresa, pero no hubo forma de salvar lo que en otra época había sido la tan respetada y querida familia Apriles.

Para unos, la familia simplemente desapareció. Para otros, se transformó en algo distinto, no por eso tan malo. El caso es que no hubo nadie que lo lamentara bastante, al punto de hacer algo para evitarlo.

La cena donde el jefe

Adolfo se sintió muy honrado cuando su jefe, un mexicano muy amable, los invitó a cenar en su casa, a él y a su esposa Alicia.

Con cierta vergüenza, le advirtió que su esposa no comía cosas picantes, a lo que el jefe respondió que eso no sería problema, pues la suya, a pesar de ser mexicana, también las evitaba por ciertas razones médicas.

En uno de los platos recién servidos, Alicia percibió algo tostadito y crujiente, le preguntó a la anfitriona si de casualidad era alguna clase especial de chapulines de los que se comen en México.

—Sí, claro, ¿le gustan? —fue su respuesta—. Es que le dan un sabor tan especial a ese plato que no podía omitirlos. Estos son *melanoplus* y a nosotros nos los mandan regularmente desde Oaxaca.

Adolfo apenas tuvo tiempo de girarse un poco antes de que su vómito cayera, una parte en el suelo del comedor y otra parte sobre su propio pantalón. En ese momento, pasó por su mente la preocupación que tenía porque su esposa pudiera parecer ridícula por rechazar la comida picante en una casa de mexicanos y se sintió profundamente avergonzado por haber hecho algo que, a su juicio, era mucho más ridículo.

Por más que sus anfitriones se hubieran portado comprensivos en todo sentido, el evento se convirtió en la peor vergüenza de su vida. ¡Al extremo de renunciar a su trabajo pocos días después!

Los amigos de redes sociales

Por recomendación de un primo contemporáneo suyo, Julio creó una cuenta en una red social muy popular con la esperanza de ponerse en contacto con amistades de antaño. En el fondo, quería encontrar algún conocido que le ofreciera alguna opción laboral interesante para mejorar su ajustada condición económica.

Contestó cuidadosa y convenientemente las preguntas requeridas para crear el perfil en la cuenta. No cambió su edad porque alguien podría desmentirlo, pero sí aumentó un poco su nivel de estudios alcanzado, pues sabía que nadie le pediría pruebas al respecto. Lo mismo hizo con su experiencia laboral y puso un indefinido "actividades empresariales propias". Como cereza del pastel, decoró el perfil con una foto suya de la época de colegial, dizque para que lo reconocieran más fácilmente (y de paso no vieran su deteriorada condición física actual).

Primero mandó solicitudes de amistad a todos los amigos virtuales de su primo, pues sabía que muchos también eran amigos suyos, luego a las amistades de las amistades que aceptaban su solicitud.

Comenzó a recibir noticias o invitaciones muy diversas, pero no vio alguna oportunidad laboral interesante. Por eso, poco tiempo después, puso un último mensaje en su recién estrenada cuenta: "lamento informar a mis amistades que tuve que cerrar mi cuenta debido a un hackeo que me hicieron. Cuando haya solucionado la situación les informaré de mi nueva cuenta".

No se imaginaba lo triste que se pondría Clotilde, una excompañera de colegio soltera que recientemente se había alegrado de tener posibilidad de contactar a su amor de la época colegial, pues según el perfil de la cuenta de Julio, él parecía estar soltero y en buena situación socioeconómica, igual que ella.

La fiesta de anoche

—¿A qué hora te fuiste a dormir anoche, Cristina? Yo estaba tan cansada de los tragos y los bailes con los compañeros que solo me despedí de vos y me fui a acostar como a las diez. Me dormí casi de inmediato y hoy me sentí culpable de haberte dejado sola, si habíamos llegado juntas.

—Eh… es que… vieras… ¡Ay, amiga, me da mucha vergüenza, pero te voy a contar la verdad! Resulta que, cuando te fuiste, yo estaba muy pasada de tragos… y amanecí en la cama con Rogelio…

—¿Rogelio? ¿El jefe de la oficina de mantenimiento? ¿Pero cómo? ¡Si hasta habías dicho que no te gustaba la forma en que se quedaba mirándote a vos o a otras compañeras!

—Sí, yo sé… y, por eso, es que me da vergüenza. No sé qué me pasó, pero me sacó a bailar y yo acepté. Luego, no me dejaba ir a sentarme y entre una pieza y otra se puso en plan seductor y ni sé por qué acepté; por los tragos o por lo que fuera, pero la verdad es que lo dejé seguir… y acabé en el cuarto con él. Supongo que me hacía falta un rato de sexo casual; más de lo que creía… pero lo peor vino después…

—¡No me digás que te lastimó!

—No, no, en absoluto. Dije que lo peor vino después porque resultó ser un conversador fanfarrón aburrido, tanto que ni me di cuenta en qué momento me quedé dormida y él ni se dio cuenta de que ya ni lo estaba escuchando…

» Me desagradó muchísimo la forma de referirse a la gente. Por ejemplo, la forma burlona para referirse a su esposa. El lenguaje malcriado y soez al hablar de conocidos en común de la oficina, intercalaba calificativos de "hijo de tal" (o por el estilo) en cada frase que decía. O sus ejemplos de cómo él siempre se daba a respetar, que incluían regañadas muy fuertes e innecesarias a personas humildes que solo hacían el trabajo.

—¡Ay, qué feo! ¿Y qué vas a hacer? ¿Aceptarás salir con él si te invita en algún momento?

—¡Jamás! Nunca me había visto a mí misma como la amante de nadie y no pienso serlo de un hombre casado que además es un perfecto patán, malcriado, altanero, que, en un momento de conflicto real, podría convertirme en víctima de la agresividad que parece llevar adentro.

» Es alguien con una forma de actuar que choca con principios básicos míos y me ha hecho recordar a mi abuelo Tirso cuando decía que "una persona decente es aquella que se cuida de no lastimar a las demás, ni de palabra ni de acción y más bien ayuda a quien esté lastimado".

» Ya no es solo una cuestión de que esta infidelidad puede afectar a otras personas. Igual o más me preocupa que yo pudiera llegar a ser vista como cómplice —aunque fuera por inacción— de alguien con estándares de decencia que no comparto.

» Para mí, se acabó. Acepto y entiendo que, si él se pone majadero o insistente, quizás tenga que buscar otro empleo, ya que es uno de los jefes de esta oficina, pero ahora lo que más importa es lo que puedo aprender de esta situación. Sobre todo, que debo ser más cuidadosa para no caer en acciones que irrespeten a los demás… o a mí misma.

Géminis

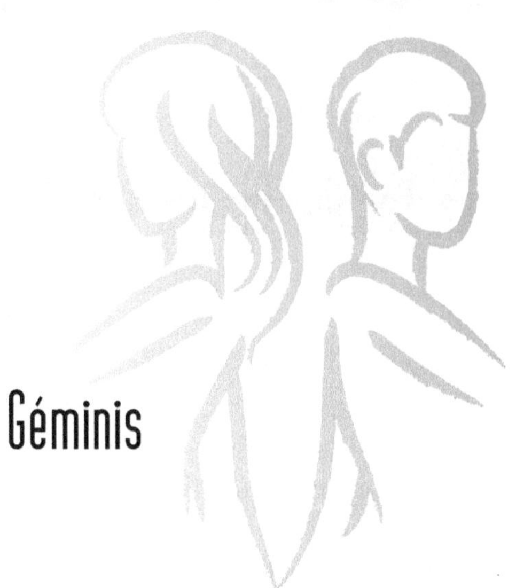

Había nacido a mediados de junio y, como buena geminiana, solía mostrarse tan amable y liberal como le fuera posible, por lo que la gente la consideraba una persona encantadora.

Para mantener esa fama, se cuidaba mucho de que no se dieran cuenta de que tenía algo así como una doble personalidad, porque, a veces, se le iba la mano al criticar severamente a muchos de sus conocidos mientras que, otras veces, los alababa demasiado.

Solo se atrevió a contárselo en secreto a su nuevo novio, porque sentía que era su alma gemela, sin haberse enterado de que él tenía diagnosticado un trastorno bipolar que a veces le hacía actuar como si tuviera dos personalidades.

La familia Maius: los devotos de la Virgen

Los Maius eran una familia muy católica y devota de la Virgen María, vecinos de un barrio grande y conocido de la ciudad. En honor a su apellido, cada mes de mayo, organizaban con todo entusiasmo y esmero unas actividades de celebración del llamado Mes de la Virgen.

Así fue por muchos años; incluso ganaron adeptos que les ayudaban en esa celebración comunal. Hasta que los llamados "grupos evangélicos" crecieron mucho en la comunidad y, poco a poco, comenzó a reducirse el número de participantes en las celebraciones iniciadas por la familia Maius.

Esto sucedió a pesar de que las celebraciones de cada mayo habían llegado a tener un importante componente social y comercial, porque los vecinos se reunían para conocerse y para vender o intercambiar alimentos o productos hechos por ellos mismos.

Ante esa realidad, varias personas propusieron mantener las celebraciones, pero cambiarles el nombre, y un grupo se encargó de explorar los nombres de otros eventos notables del mes de mayo, no relacionados con el Día de la Virgen.

Encontraron que, en otros lugares o países, en mayo se celebran el Día de la Madre, el Día del Trabajo, el Día del Maestro, el Día del Internet, el Día Mundial de la Lucha contra la Homofobia y el Día Mundial de la Diversidad Cultural.

Se inclinaron de forma unánime por el último citado: el Día Mundial de la Diversidad Cultural, que oficialmente aparecía fijado para el 21 de mayo. En adelante, ese día sirvió para integrar en la celebración a todos los miembros del barrio, sin importar religiones, tradiciones culturales o cualquier elemento divisorio.

Tanto así que, en otras comunidades, siguieron su ejemplo y hasta hubo quien propuso que se le llamara también Día de los Maius, como algunos habían seguido llamándolo, coloquialmente, dentro de la comunidad donde todo empezó.

Sin embargo, esa propuesta no tuvo acogida alguna, pues, en medio de las discusiones entre católicos y evangélicos por el inicialmente llamado Mes de la Virgen, se había filtrado cierta información sobre los Maius que dejaba en entredicho su solidez moral.

Concretamente, existían sospechas bien fundamentadas de que ellos obtenían algunas cuestionables ventajas políticas y económicas de las celebraciones en la comunidad.

La carta al señor vicealcalde

El encargado de recibir la correspondencia para la alcaldía anotó en la bitácora la fecha y hora de recepción de la siguiente carta:

"Estimado señor Vicealcalde Don Alcides:

Le escribe Venancio Corrales, su papá, y no se extrañe que le escribo aquí por que como usté ya no bolvió por la casa desde que se hizo Vicealcalde y en la puerta de la Muni el guarda me dijo ya tres veses que no lo pueden llamar porque usté está muy ocupado entonses no me queda mas que escribirle. Creo que además ese guarda me vio medio raro como si yo fuera un pordiocero y pensó que yo iba a pedirle algo y menos quizo llamarlo a usté. Me dijo que le mandara un mensaje por Watap pero yo no entendi que es eso.

Pero sepa que yo no ando pidiendole nada a nadie y menos a usté. Solo queria que sepa que su mamá está muy mal desde hace meses y no quiere ir a médico porque dice que sale muy caro y después no nos alcanza para comer. Tampoco puedo dejarla sola mucho tiempo y me cuesta encontrar quien la cuide un ratito mientras salgo a buscar comida.

A mí ya no me hace caso. ¿Usté cree que pueda benir un día a hablar con ella para conbencerla de que tiene que ver a un doctor? Y tal vez usté conose a alguien de esos que ayudan a viejitos como nosotros y los llevan al Hospital y hasta les consiguen comida? Perdone que lo moleste tanto.

(P.d. Perdone el desorden al escribir y las faltas de ortografía)"

La secretaria del Vicealcalde recibió la carta y la leyó, pues parte de su trabajo era filtrar y organizar la correspondencia para su jefe. No pudo contener un nudo en su garganta al terminarla.

Alcides, el destinatario, después de leerla, no pudo reprimir, primero la vergüenza y después la culpa, el dolor y las lágrimas.

La nieta que sumaba y restaba

—Abuela, no me salen bien las cuentas… Si estás cumpliendo veinte años de casada con el abuelo, ¿cómo es que mi mamá tiene 41 años y es hija de ustedes dos?

—Creo que ya estás suficientemente grande para explicarte. Resulta que, a los dieciocho años, siendo una jovencita, me enredé con un hombre que tenía casi veintiocho y, al poco tiempo, me di cuenta de que estaba embarazada…

»Por muy diversas razones, en ese momento me pareció que lo mejor era terminar la relación y dejar que cada uno siguiera adelante con su vida. Esto porque, desde el principio, yo sabía que él era casado y no quería ser una "rompe-matrimonios". Tampoco quería sentir que él estaba conmigo a la fuerza, solo por el embarazo. Además, en mi familia me dieron un apoyo increíble, pero insistieron en que no querían verlo por la casa.

»Creo que él estaba tan asustado como yo, porque, aunque me ofreció ayudarme con la hija, muy pronto perdimos todo contacto. Con más razón porque, unos años después, yo me casé con otro señor y mi vida tomó rumbos totalmente distintos.

—Pero, abuela, entonces, ¿cómo es que ahora estás casada precisamente con el abuelo?

—¿Qué te parece decir que la vida nos unió cuando ambos estábamos totalmente disponibles el uno para el otro? ¿Que nos premió al permitir que nos encontráramos de nuevo cuando realmente tuviéramos algo valioso para ofrecernos uno al otro? ¿O que la vida se encargó de enmendar el error de habernos unidos cuando no debíamos? O bien, que todo fue obra de la casualidad…

—No me gusta lo de la casualidad, pero has dicho que "la vida" hizo eso… ¿Se podría decir Dios, o los ángeles, o el destino, o algo así?

—Me parece que todo eso vas a tener que aclararlo y decidirlo con los años, tú misma y nadie más… como parte de tu propia experiencia de vida.

El peso de las nostalgias

Sergio se sirvió otra copa de vino y —como si estuviera tomando impulso— nos dijo:

—¡Está bien, ya son varias las veces que me han preguntado sobre mi historia con Antonella y voy a ver si logro resumir lo que creo que en realidad pasó entre ella y yo!

»La verdad es que, cuando nos conocimos en Florencia, parecía algo providencial que en tan pocos meses hubiéramos vivido tantas cosas, que coincidiéramos como vecinos en el mismo edificio, que ella de Nápoles y yo de Costa Rica, hubiéramos matriculado el mismo seminario de cuatro meses, ese mismo año y en la misma universidad de Florencia, que un día nos topáramos en el mismo pequeño museo de artefactos de guerra y otras cosas, construidos con planos que dejó Leonardo Da Vinci, quien además era un ídolo de ambos.

»Era curioso que ella tuviera como sueño viajar alguna vez a Costa Rica porque una gran amiga lo había hecho y se lo había recomendado; así como yo soñaba con ir Florencia por recomendación de Arturo, mi amigo de toda una vida. También su admiración por la lengua española era equivalente a la mía por la lengua italiana. Encima de todo eso, ambos estábamos libres de cualquier compromiso emocional con otra persona...

»Terminado el seminario, yo me regresé a Costa Rica y ella se vino conmigo, pero justamente a los cuatro meses de estar juntos aquí (igual que yo en Italia) pareció que "se le había terminado la cuerda al reloj". No porque nos lleváramos mal, ni porque discutiéramos mucho, ni porque nos aburriéramos juntos. Simplemente parecía una vela que se estaba consumiendo.

»Ella vivía la nostalgia por su país lejano y su gente, por sus circunstancias de vida, y yo vivía la nostalgia por no tener a la Antonella de meses atrás. No sé por qué me costaba tanto ponerme en sus zapatos para imaginarme si yo me hubiera sentido como ella en caso de habernos quedado en Italia.

»Muchas personas nos recomendaron darle más tiempo a la relación, pero nos comió la impaciencia y la inseguridad. No nos fue posible enterrar nuestras nostalgias y comenzar una vida juntos en alguno de los dos sitios, o en otro distinto… y por eso terminamos despidiéndonos.

»Pero, bueno, dejemos el tema. Brindo ahora por ese amor de antaño, de hace ya casi cuarenta años. Ese amor que, en su tiempo, sucumbió ante las nostalgias, un amor definitivamente sin futuro ahora, porque ella y yo mantuvimos cierto contacto escrito durante los años siguientes, hasta su muerte hace unos quince años, por un daño congénito no detectado y que era como una bomba de tiempo.

Cáncer

Había nacido en Estados Unidos, bajo el signo de cáncer, precisamente un cuatro de julio, el día en que allí celebran estrepitosamente su independencia.

Por esa coincidencia, siempre bromeaba diciendo que era por su cumpleaños que se hacían tantos juegos de pólvora, los cuales realmente disfrutó siendo niño y también después como adolescente.

Dejó de disfrutarlos cuando terminaba sus estudios universitarios y tuvo que ir a un hospital a curarse unas quemaduras severas provocadas por un descuido en el manejo de la pólvora.

Menos volvió a disfrutarlos porque, en esa visita al hospital, le hicieron ciertos estudios radiológicos que pusieron en evidencia un cáncer de hueso en desarrollo, precisamente cerca de la zona de las quemaduras.

En ese momento, sí que detestó profundamente haber nacido bajo ese signo del zodiaco.

La familia Junious: los "promatrimonio"

Esta era una pareja que —inspirada en la mitología griega— realmente tenía una especie de culto a Juno, reina y esposa de Zeus, diosa del matrimonio.

Desde siempre habían participado activamente en varias organizaciones que favorecían y preparaban a los jóvenes para el matrimonio, según los mismos parámetros con que los prepararon a ellos en su momento. Concretamente: un matrimonio religioso con todo perfectamente planificado para cumplir con las más antiguas y aceptadas tradiciones de esta clase de matrimonios.

A la vez, cada año organizaban una celebración de su aniversario matrimonial, a la cual invitaban "a todo el que estuviera dispuesto a asistir", seguros de que, en esa gran reunión, se formarían unas cuantas parejas matrimoniales, o terminarían de convencerse quienes aún dudaran de casarse.

Aun más, pocas cosas les resultaban tan emocionantes en la vida como una invitación a una boda. De hecho, cuando su hija mayor decidió casarse, lo celebraron y publicitaron mucho más que cuando nació su primer nieto. No es que no quisieran ser abuelos, mucho menos que menospreciaran ese nacimiento como algo muy importante en la familia. Nada de eso. Simplemente para ellos un nacimiento no requería de tanta celebración como los matrimonios.

Por eso, se sintieron tan mal, casi como unos perfectos fracasados, cuando su hijo mayor llegó a comunicarles que se iría a vivir con su novia sin mediar ceremonia alguna. Además, les aclaró que, si algún día decidían casarse formalmente, lo harían por lo civil, con solo la presencia del notario y los testigos de ley.

Para rematar el impacto provocado por esa noticia, pocos días después recibieron un mensaje de su segunda hija, quien estudiaba y trabajaba en otro país, en el cual les contaba que ella y su compañera habían decidido seguir el ejemplo de su hermano y hacer un "contrato de unión de hecho con refrendo oficial", como llamaban a la opción preferida por las parejas gay en ese país donde estaban viviendo.

Su primera reacción fue decir un clásico: "¿Por qué nos hacen esto?, ¿qué estamos pagando?, ¿en qué nos equivocamos?". Aunque, poco tiempo después, presumiblemente con más calma y raciocinio, el padre dijo:

—Pues, si no podemos cambiarlos, tendremos que cambiar nosotros. ¡A partir de ahora, nos haremos a la idea de que no tenemos hijos!

Las coplas del desencuentro

Casimiro:
Dígame, usted, mi señora,
aunque sé que va con prisa,
dónde la puedo encontrar
cuando salga de la misa.
Filomena:
No sea usted tan majadero,
que ya soy mujer casada,
y ya hace mucho tiempo
usted me dejó plantada.
Casimiro:
Pero créame, usted, señora,
que el tonto que así actuó
ha pagado hasta con creces
la estupidez que mostró.
Filomena:
No me importa para nada
lo que usted haya aprendido,
lo que importa es que ahora
ya no será complacido.
Casimiro:
¡No sea tan cruel, mi señora,
pues sufro por la emoción
y temo que su rechazo
paralice mi corazón!
Filomena:
Pues eso no me conmueve,
ni me nubla la razón.
¡Búsquese donde le vendan
una pieza de refacción!

La colección de títulos

Rodolfo siempre defendió la idea de que el éxito académico era la llave de todos los demás éxitos. Por eso, se esforzó por lograr el mejor rendimiento posible a lo largo de todas las etapas de sus estudios, desde la escuela primaria (y quizás también desde el kínder), pasando por la educación secundaria y hasta la universitaria.

Sin perder un solo curso ni incumplir requisito alguno, acabó su bachillerato universitario y después su licenciatura, para, de inmediato, lanzarse a perseguir el éxito laboral.

Sus buenas calificaciones le abrieron algunas puertas en ese mundo nuevo para él y, desde el principio, se inclinó por aquellas en que se le reconocieran sus estudios. Sin embargo, como no ascendía con la rapidez deseada, ni sus ingresos crecían tanto como las responsabilidades laborales, se le ocurrió que debía estudiar un poco más. Decidió obtener una especialidad dentro de su misma área de conocimiento y luego una maestría. No contento con esto, después completó también un programa doctoral con bastante éxito.

Por todo lo anterior, no salía de su confusión al recibir la noticia de que estaba despedido de su puesto como director de la división a su cargo y que, en su lugar, habían nombrado a un empleado "hecho en la empresa", quien había ido ascendiendo desde los puestos más básicos hasta los más avanzados.

Tampoco lograba ver el sentido de la explicación dada por su superior, al decirle:

—No tenemos ninguna duda de la solidez de su formación académica, pero aquí necesitamos menos teoría y más acción. Necesitamos a alguien que no solo sepa analizar las cosas, sino que también tome acciones y sepa cómo lograr que los demás hagan lo que les corresponde. Una persona ejecutiva que aplique sus conocimientos, no que los acumule en títulos.

De primera entrada, solo se le ocurrió pensar que era víctima de favoritismos porque al otro lo conocían más y porque, posiblemente, le pagarían menos. No se le ocurrió que el éxito académico, por sí solo, difícilmente es la llave de todos los demás éxitos.

Amor desolado

Después de haber escuchado y repetido varias veces la canción *Amor desolado*, le impresionaron mucho su letra y su música y quiso saber un poco más de su historia.

La música era del argentino Alberto Cortez y la letra un poema del madrileño José Dicenta Sánchez. Un poema trágico, como algunos tangos, presumiblemente basado en un personaje de la vida real: un hombre que vive lo que parece ser una terrible e injusta relación de pareja, que se termina cuando ella hace la última injusticia: abandonarlo. Ante eso, el hombre se deprime profundamente, se encierra en la casa y decide quitarse la vida "para no matarla" a ella, dice el poema.

De pronto, vino a su mente la idea de que, si le había impresionado tanto, era porque secretamente se identificaba con ese hombre que sufría por una mala relación de pareja, semejante a la que él había estado "padeciendo" durante los últimos tres años. Solo le faltaba imaginarse a sí mismo actuando como el protagonista del poema, quien se encierra en su casa para quitarse la vida.

Se alarmó tanto que, repentinamente, tuvo una especie de epifanía, la cual le hizo exclamar, casi a gritos: "Pero… ¿qué es esto?, ¿qué me está pasando? ¡Esto no puede estar ocurriendo, este no soy yo! Puede que me haya tomado tres años llegar a este punto de desesperación, pero, en unos pocos minutos, puedo solucionarlo todo, simplemente al tomar la iniciativa de decirle que hasta aquí llega mi camino con ella. ¡No tengo por qué castigarme yo mismo ante la falta de amor de ella… ni tampoco me corresponde castigarla por sus propios problemas, sean cuales sean! Que se vaya y deje libre mi espacio emocional, porque en este momento lo necesito todo para mí mismo"

Un día cualquiera, varios años después, supo, por la prensa, que ella se había quitado la vida, encerrada a solas en la casa donde vivía. Se le ocurrió, entonces, que quizás ella habría seguido literalmente el ejemplo del personaje de la canción *Amor desolado*, mientras que a él lo había inspirado para hacer lo contrario.

De inmediato, murmuró para sus adentros la frase: "¡qué efectos tan impredecibles puede tener la música en las personas!" y pronunció mentalmente un sencillo "que descanse en paz".

Luego, con toda tranquilidad, siguió ocupado en lo que estaba haciendo.

Leo

Nació a finales de julio, bajo el signo de leo, pero ella no creía que eso tuviera relación alguna con su forma de ser.

Algunas amistades le decían que era generosa, fiel y cariñosa como las personas de ese signo, pero ella les insistía en que eso no tenía nada que ver, que solo eran conjeturas. Aseguraba conocer a muchas personas con esos mismos rasgos de conducta, nacidas en otras épocas del año.

Hasta que un día, de pura casualidad, se encontró un gatito callejero que la conmovió tan profundamente que decidió adoptarlo.

Tanto disfrutó a su gatito que, con el tiempo, le consiguió un hermanito y otro y otro y otro… hasta llegar a la docena.

A partir de ese momento, fue conocida por la gente como "la señora de los gatos" y las mismas amistades que antes le daban bromas sobre su signo zodiacal comenzaron a llamarla "Gatúbela".

La familia Julious: los "qué buena gente"

Julio César recibió su nombre como herencia de su papá por haber nacido en julio, quinto mes del calendario romano. Era un hombre que muchísima gente apreciaba y reconocía como un perfecto "buena gente"; opinión que se extendía a su esposa, una señora tan buena gente como él.

Tenían un hijo y una hija (ambos adultos) que no se les quedaban atrás en cuanto a la fama de ser muy buenas personas. Todos ellos constituían un grupo que fácilmente hubiera ganado un concurso de "la familia más buena y generosa del barrio", de haber existido tal.

Esto porque todos ellos siempre estaban dispuestos a colaborar con sus amigos o vecinos. Eran los consejeros de mucha gente, organizadores de muchas actividades en la iglesia y la escuela de la comunidad, recolectores y administradores de las contribuciones para cualquier campaña de ayuda que se organizara entre los vecinos, también los que daban la cara ante las autoridades cuando alguien era requerido por la ley.

Por esa forma de ser, a mucha gente le era difícil imaginarse que a Julio César lo considerarían cómplice de la estafa sufrida por la Asociación Comunal en la que él era tesorero, a raíz de la contratación de una empresa que fabricara una cerca perimetral con malla de hierro para la cancha de juegos de la plaza.

La empresa había sido recomendada por unos vecinos a quienes Julio César, confiadamente, les entregó dinero de la Asociación para pagar por adelantado el costo de los trabajos... y, pocos días después, sin aviso alguno, se habían mudado del barrio sin despedirse de nadie y a un destino desconocido.

El jefe político abusivo

Jacinto pensó que, por haber logrado llegar a jefe político de su pequeña comunidad, podía actuar como si fuera de la realeza y tratar a sus conciudadanos como súbditos servidores de sus caprichos. Regañaba gente a diestra y siniestra. Insultaba empleados. Dejaba cuentas sin pagar.

Hasta que, un día, el típico borracho pendenciero del pueblo lo enfrentó a golpes para responder a alguna de sus impertinencias y el pequeñísimo cuerpo policial del pueblo, formado por dos hombres, no movió ni un dedo para protegerlo.

Se supo que muy poco después Jacinto renunció y se fue a vivir como un nómada, en búsqueda de un pueblo donde no hubieran borrachos pendencieros y la policía protegiera a los arrogantes como él.

Un pueblo que, de seguro, solo existía en su muy limitada imaginación.

Liberace, el tecladista

Longino era un tecladista de música popular variada a quien sus amigos apodaban "Liberace", en recuerdo del pianista norteamericano de la década de 1940, quien era su ídolo porque había alcanzado la fama tocando música ligera con un estilo espectacular. Precisamente, la fama y el estilo que Longino deseaba.

En realidad, Longino no había tenido mucha educación formal como pianista, pero sí tenía excelente oído y memoria musical, además de un talento natural frente al público; como el Liberace original del que heredó su apodo.

Eso lo convirtió en el chico popular de su barrio y su colegio, tanto que pronto lo tomaron en cuenta para ser el tecladista de un conjunto musical local que amenizaba fiestas de toda clase en la zona donde vivían casi todos los integrantes del conjunto. Muy pronto, decidió que había encontrado su verdadera vocación. Gozaba del aprecio de las personas que le interesaban, se divertía mucho y ganaba más que la mayoría de sus contemporáneos que seguían por rumbos más "normales" de la vida.

Aún más, a menudo, Longino aseguraba tener todo controlado para no descontrolarse como esos artistas que tan fácilmente sucumbían a la "vida loca".

Lastimosamente, no tuvo control aquella noche sobre la cantidad de licor que tomó Chubi, el guitarrista del conjunto y chofer regular del vehículo que los traía a todos de regreso a casa después de amenizar una fiesta.

Ni pudo evitar sentirse responsable y ofrecerse para conducir el vehículo en el que viajaban todos los miembros del conjunto. Tampoco pudo resistirse a contestar el teléfono celular que sonó mientras manejaba, lo que hizo que perdiera el control del vehículo y chocara directamente contra una gran piedra atravesada en el camino, lo que provocó la muerte de Chubi y heridas importantes en casi todos los demás pasajeros.

Longino, consumido por la culpa, a la fuerza aprendió que difícilmente existe algo así como "tener todo controlado para no descontrolarse", al menos de manera permanente.

La interpretación simultánea

Aunque había releído y practicado su discurso muchísimas veces, ahora, a punto de que llegara su turno para presentarlo, Rodrigo sentía que su nerviosismo era ya casi inaguantable.

Semanas antes, le había pedido encarecidamente a la decana que no le encargara esa tarea, pero ella le había citado una lista de razones que parecían incuestionables, la cual comenzaba por una tradición muy respetada de que el orador siempre fuera el mejor estudiante de la promoción y, esta vez, Rodrigo lo era. Como si fuera poco, el siguiente mejor estudiante era una extranjera que, por razones familiares urgentes, tuvo que regresar a su país antes del acto de graduación.

Por otra parte, le argumentaba la decana, a lo largo de sus estudios, él había sido reconocido varias veces como el más capacitado para explicar claramente a los visitantes cosas de su universidad que la hacían diferente de otras equivalentes en el país. La cereza del pastel era un ensayo que él había escrito acerca de ciertos aspectos poco conocidos de la profesión, que se había publicado y difundido con gran éxito en varios medios nacionales e internacionales.

Ahora había llegado el momento de hacer su presentación y ya no podía eludir el compromiso.

Terminó de colocar el micrófono a una distancia prudencial de su cuerpo y, con un gesto, le preguntó a su intérprete si estaba listo. Este respondió afirmativamente y, de inmediato, comenzó a traducir las palabras de Rodrigo:

—Señores y señoras, comienzo por disculparme porque mi lenguaje de señas quizás no alcance a expresar todas las emociones que siento en este momento, pero confío en que mi expresión corporal, unida a la habilidad y experiencia de mi intérprete a español hablado, les den una buena idea de todo lo que quiero decirles...

Su madre, sentada casi en primera fila, no pudo contener las lágrimas de alegría que comenzaron a brotar de sus ojos.

Virgo

Había nacido un tres de setiembre, bajo el signo de virgo, lo cual, desde siempre, había considerado como una especie de maldición, porque, desde muy joven, tuvo que aguantar las bromas de toda clase realizadas por sus amigos y los no tan amigos.

Por citar unos pocos ejemplos: ¿Cuándo perdiste la virginidad? ¿Cuántas veces la has perdido hasta el momento? ¿Quién te hizo el "favorcito"? ¿Has pensado alguna vez en hacerte cura católico?

En esa época, alguna vez pensó en contratar a una trabajadora del sexo para que "le ayudara", pero se arrepintió a última hora por vergüenza y porque imaginaba que el dinero ahorrado no le iba a alcanzar.

Dejó pasar el tiempo hasta que, un día, sin que hubiera ningún plan de por medio, él y su mejor amiga acabaron en la cama haciendo el amor, por primera vez para ambos.

Como su educación sexual no era la mejor del mundo, y su desinformación era abismal, pasó mucho tiempo tratando de entender si solo ella o ambos habían "perdido la virginidad".

La familia Augustus: los viajeros novatos

En búsqueda de aprovechar el final del verano en el hemisferio norte, una pareja de costarricenses sesentones, papá y mamá Augustus, decidieron viajar a Orlando (Florida) para visitar a unos parientes cercanos que residían allá desde hacía muchos años y que les habían invitado muchas veces.

Tomaron esa decisión aunque les daba muchísimo miedo hacerlo. Hubieran querido que los acompañara alguno de sus hijos mayores, pero todos estaban muy ocupados, y además, el presupuesto no alcanzaba para pagarles el viaje.

Papá y mamá nunca habían viajado en avión, ni siquiera a algún lugar cerca del país. Toda su experiencia como viajeros se resumía a dos viajes, ambos por tierra, a los países vecinos al suyo. Además, viajar a Estados Unidos les resultaba sumamente intimidante, a pesar de tener sus documentos en regla y haber recibido toda clase de instrucciones y recomendaciones de sus familiares y conocidos.

Mientras estaban en la sala de espera del aeropuerto, conocieron a una pareja de paisanos muy parecidos a ellos, Luis y Ana Gómez, que también iban para Estados Unidos, precisamente para Orlando. La única diferencia era que ellos habían hecho ese viaje muchas veces. Los Augustus se tranquilizaron muchísimo porque los Gómez eran muy amables y se ofrecieron a ayudarlos en todo, incluido llevarlos a la salida el aeropuerto, donde les esperaban sus parientes.

Durante todo el viaje, tuvieron el acompañamiento de los Gómez y conversaron de todo un poco: de lugares visitados o por visitar, de personas conocidas mutuas y un largo etcétera.

Ya en casa de sus parientes anfitriones, les contaron en detalle del afortunado encuentro que tuvieron con esta pareja y comentaron que les gustaría verlos otra vez antes de regresarse al país. Para sorpresa de todos, nadie de la familia de ellos en Orlando, o de sus conocidos, conocía a alguna familia de apellido Gómez.

Tampoco de regreso a su país pudieron localizar a nadie con esos nombres en los lugares mencionados durante las conversaciones con los Gómez.

Movidos por la curiosidad, contactaron a un conocido que trabajaba para la policía y gracias a él lograron tener acceso a la lista de pasajeros del vuelo donde los habían conocido y, sorprendentemente, no aparecía nadie con esos nombres.

La única referencia que encontraron fue en ciertos archivos periodísticos, donde una pareja de apellido Gómez, y con características como las de aquellos que conocieron en el viaje, aparecía registrada como fallecida tres años atrás en un accidente automovilístico de camino al aeropuerto.

En adelante, la historia de los Gómez tuvo prioridad absoluta en la memoria de los Augustus, casi más que la experiencia de su primer viaje en avión.

La modelo en ascenso

Lucía sintió que agarraba el cielo con las manos cuando la contrataron como edecán en un popular programa en vivo de un conocido canal de televisión nacional.

Su trabajo era acompañar a los concursantes frente a cámaras, caminar unos pocos metros con toda la gracia y coquetería del mundo, hasta el lugar donde serían recibidos por la presentadora oficial del programa.

Tenía que hacer muy bien su papel, pues le parecía el punto de entrada a la fama como modelo, presentadora, actriz, o algo por el estilo.

Sin embargo, muy pronto el canal de televisión decidió despedirla; aducían que ella no llenaba las expectativas del código moral de la empresa.

Y es que, antes de que la despidieran, en el canal ya se habían recibido al menos seis llamadas de clubes nocturnos ofreciéndole "modelar ropa interior" o algo más. Además, se sabía que ella había mostrado interés ante dos de esas llamadas.

Promesas acosadoras

—¡Entrégate a mí y te prometo que te haré la mujer más feliz del mundo! —le dijo el jefe con una franca mueca de tonto libidinoso.

—¿Y usted cómo sabe qué es lo me puede convertir en esa mujer tan feliz? —respondió la chica con cierta picardía inteligente.

—Porque puedo darte de todo: fama, joyas, dinero, propiedades. ¡Pídeme lo que quieras! —fanfarroneó el hombre neciamente, como si fuera "el genio de la lámpara".

—¿Y si lo que quiero no es directamente para mí? —preguntó ella con un tono misterioso que él no pareció percibir.

—¡Por supuesto! ¡Pide lo que sea y te lo concederé! —respondió él, de inmediato, siempre fanfarrón.

—¡Pues… quiero que usted desaparezca de mi vida y no se vuelva a aparecer! —dijo ella con absoluta calma y seriedad.

—¿Qué?, ¿cómo?, ¿por qué? —fue lo único que atinó a decir él.

—Porque no podría entregarme a alguien que no tiene la más mínima idea de lo que me puede hacer feliz y solo se le ocurre ofrecerme cosas que sé que puedo llegar a alcanzar por mí misma, cuando me llegue el momento y tenga trabajos donde haya otra clase de personas.

Esto último lo dijo como si fuera una estocada final a una bestia peligrosa e insoportable, lanzada justo en el momento antes de darle la espalda para alejarse de él.

El apellido de abolengo

Se apellidaba Castro, igual que una inmensa cantidad de ciudadanos de España y de Costa Rica, el país hispanoamericano donde había nacido. Pero él tenía la idea de que su familia procedía de una casa de abolengo en la antigua Castilla y, por eso, se sentía bastante por encima de los demás. Quería, entonces, recabar toda la información posible para así hablar con propiedad acerca del origen de su noble familia.

Por supuesto, mucha gente le decía que en pleno siglo 21 ya eso no era muy importante, sobre todo viendo cómo un día sí y otro también circulaban críticas a las casas de abolengo de Europa y de otras partes del mundo. Algunos incluso le advirtieron que, lejos de darle prestigio, podría suceder que su apellido lo convirtiera en blanco de más críticas.

Sin embargo, no había quién lo sacara de su idea y, después de investigar en todas las fuentes posibles en su país, dio con el paradero de algunos parientes lejanos que aún vivían en Castrojeriz, una pequeña ciudad de la Provincia de Burgos, parada destacada para quienes hacen el conocido "Camino de Santiago" y en la cual existió una noble, antiquísima e histórica familia con ese apellido, propietaria de tierras en el lugar.

Decidió viajar a España para visitarlos y efectivamente los encontró. Le recibieron muy afectuosos e improvisaron una amena reunión con otros parientes, para celebrar la visita del "primo" de Costa Rica, descendiente del antepasado que siglos atrás partió para "hacer las Américas", expresión que usaban para referirse a los también llamados "indianos".

Prefirió no explicarles cuál había sido el motivo principal de su viaje, pero ese día pudo conversar con un pariente que casualmente había estudiado a fondo la genealogía de la familia y que le comentó:

—Aquí, en esta zona de España, vivió una familia noble muy importante de apellido Castro y, por eso, a todos los trabajadores de sus tierras se les identificaba con el apellido de esa familia, lo cual era una práctica corriente en esas épocas. Con el tiempo, algunos de ellos que estaban insatisfechos con el salario o el trato de sus amos, decidieron probar suerte en América. Ellos se llevaron el apellido Castro con el que habían crecido. A unos les fue muy bien y a otros no. ¿Cómo le fue a la familia de la que usted desciende?

Nadie supo qué le respondió al genealogista, pero sí se supo que casi al día siguiente abandonó Castrojeriz con la excusa de que debía encontrarse con alguien que estaba "haciendo el Camino de Santiago", aunque más bien se trasladó a Madrid a esperar la fecha en que su boleto de avión le permitía regresar a Costa Rica.

También se supo que, ya de regreso en el país, se limitó a decirle a sus conocidos que no había localizado a ningún familiar en España. Y que nunca volvió a hablar del supuesto abolengo de su familia de origen.

Libra

Nació a finales de setiembre, bajo el signo de libra, y estaba orgullosa de ser una persona sociable y elegante como una "digna libra", decía ella misma.

Por eso, no escatimaba esfuerzos para comentarle a la gente acerca de la clara coincidencia entre ella y su signo. Prácticamente convertía en "amiga favorita" a toda persona que coincidiera con su forma de pensar.

Aún más, pronto decidió seguir el consejo de convertirse en una *influencer* de las que, a su juicio, eran las principales redes sociales, con la idea de que así podría desarrollar al máximo todo su potencial.

Casi diariamente comentaba "de todo y de todos", siempre tratando de parecer más agradable, interesante e ingeniosa que otros *influencers*. También revisaba cuánto aumentaba su número de seguidores y leía cuidadosamente los comentarios recibidos. Pronto se dio cuenta de que no todos eran tan positivos como hubiera esperado.

Comenzó a cuestionar las bondades de su incipiente carrera de *influencer* cuando leyó un comentario de alguien que decía: *"¡Qué extraño! Todo el mundo sabe que los nacidos en el signo de libra suelen ser personas muy analíticas, pero con base en las cosas que esta mujer escribe, da la impresión de que de analítica definitivamente no tiene nada."*

Con una total ausencia de sentido de autocrítica, se dijo a sí misma: ¿Debo entender que me acusa de ser superficial? ¿Qué pretenden? ¿Que escriba como si fuera psicoanalista o analista social?, ¿O qué?

A partir de ese día, comenzó a dedicar tanto tiempo a defenderse, que no le quedó tiempo para su propio desarrollo, como *influencer* o como persona, y sus seguidores la abandonaron para seguir a otra persona.

La familia Septembris:
los ingenuos del clima

Eran una familia pequeña, originaria de Europa central, con costumbres vacacionales muy arraigadas, propias de algunas ciudades del mediterráneo. Una familia con pocos estudios, sencilla y un tanto ingenua, bastante inexperta en viajes fuera del país, excepto para ir por tierra a algún país europeo vecino.

Habían ganado un concurso televisivo donde el premio era un viaje a Costa Rica y querían disfrutar de los atractivos turísticos del país, tal como aparecían en un documental del Instituto Costarricense de Turismo, disponible en la red.

Ellos, como familia, a lo largo de los años, se habían acostumbrado a una cierta forma específica de vacacionar. Rutinariamente, esperaban hasta inicios del mes de octubre —inicios del otoño— para aprovechar el clima un poco más fresco, y se iban a acampar a ciertos sitios turísticos especialmente acondicionados para tal actividad. Escogían esa época, además, porque les daba mayor garantía de que encontrarían menos gente y mejores precios, porque gran cantidad de turistas locales ya habrían regresado a sus casas.

Una vez en Costa Rica no se les ocurrió más que seguir su costumbre de vacacionar: hacer la misma actividad y en la misma época del año. No se informaron bien sobre el clima u otros aspectos importantes de la zona adonde querían ir y organizaron todo como si lo fueran a hacer en su propio país.

No se les ocurría que las cosas pudieran ser distintas en otras zonas geográficas del mundo y, aunque varias personas trataron de explicarles, no creían que las lluvias de octubre en Costa Rica pudieran ser muchísimo más fuertes y frecuentes que las europeas.

Terminaron de convencerse de su mala decisión cuando, mientras acampaban junto a un río, las lluvias provocaron una cabeza de agua que se llevó la tienda de campaña y los maletines de viaje que estaban adentro. Terminaron en un refugio cercano donde, afortunadamente, por consejo de un lugareño, se habían trasladado cuando comenzó a llover fuerte.

Esta fue su ceremonia de bautizo en el trópico, una ceremonia en la que aprendieron que, a veces, los peores enemigo de un viajero internacional son la ingenuidad y la terquedad.

La vendedora de flores y plantas

Josefina abrió una venta de plantas ornamentales de todo tipo en el garaje de su casa, ubicada en un bonito barrio residencial de la ciudad.

Mucha gente dudaba de que eso fuera correcto, pues la casa estaba en terrenos de uso residencial exclusivamente, pero ninguno de esos que dudaban pasó a más.

La única excepción fueron los padres de un chico adolescente y problemático que había en el vecindario, quienes un día pusieron una denuncia ante la policía porque su hijo a menudo le compraba a Josefina unas plantas verdes de hojas puntiagudas, que ella cultivaba en su patio trasero exclusivamente "para uso medicinal privado"

El nuevo trabajo

Natalia era la nueva de la oficina y parecía una persona muy sociable, quien disfrutaba el hecho de que, desde su primer día de trabajo, había sido bien recibida por un grupo que actuaba de forma realmente amistosa y hospitalaria.

Una compañera, por ejemplo, de primera entrada, le informó de los rituales seguidos cuando alguien cumplía años y de las mañas del jefe para lograr la colaboración de muchos con el orden y limpieza de la oficina. Otra le advirtió de los frecuentes coqueteos de cierto compañero deseoso de tener una novia en la oficina para así poder verla todo el tiempo.

Ya había aprendido el significado de palabras o frases corrientes dentro del grupo, como el apelativo de "amiguita", o las expresiones "no le hagas tanto caso... porque miente mucho", "vamos un día a comer o beber algo", "tenemos que organizarnos un paseíto", y sabía entender o diferenciar la intencionalidad con que se decían. Eran parte, por decirlo así, del "lenguaje de la tribu".

Sin embargo, jamás se hubiera esperado que Agustín, aquel compañero que le había parecido el callado y tímido del grupo, y con el cual había hablado muy poco hasta el momento, le dijera casi sin titubeos: "¿Qué te parece si un día salimos a comer juntos?"

Definitivamente esa forma de preguntar se salía del repertorio aprendido hasta el momento. Sintió que se ruborizaba y que su corazón palpitaba inusualmente. De primera entrada, solo atinó a mirar fijamente la cara de él, como si tratara de adivinar cuáles eran sus intenciones al invitarla. Luego le respondió con un rosario de palabras medio pronunciadas: "ehhh... gra... gracias... no te entiendo... perdoná... es que estoy muy apurada… hablemos después". Y se alejó caminando nerviosamente, tan rápido que casi se tropieza a los pocos metros.

———

Once años después, Agustín y Natalia celebraban con amigos su décimo aniversario de bodas y, en medio de carcajadas, recordaban esa historia que ya casi todos conocían, pero siempre disfrutaban: la del día en que el "tímido Agustín" dejó sin palabras a la "sociable Natalia".

Los hombres no lloran

La noche estaba húmeda y sombría y el joven veinteañero temblaba por el dolor y por la idea de tener que ser internado en un hospital en plena época de pandemia de COVID-19. Sin embargo, en el servicio de emergencias no le habían dado otra opción: debía ser operado lo más pronto posible.

En su mente, se agolpaban muchas de las preguntas sin respuesta que se hizo mientras iba rumbo al hospital. "Si yo falto, ¿qué será de mis hijos, el de dos años y el que está pronto a nacer? ¿Qué será de la mamá de ellos dos? ¿Cómo sobrellevará mi papá la pérdida de su único hijo varón; de esa prolongación de él mismo, de ese compañero de vida y de trabajo que ahora soy? A la vez, ¿cómo reaccionará mi abuelo a la pérdida de su nieto mayor, al que ha querido enseñar aquello que no había podido enseñarle a su propio hijo?"

El dolor era tan fuerte que había entrado al hospital casi en brazos de su padre, quien, a pesar de su propia angustia, se esforzaba por transmitir una calma y entereza que ayudara a la tranquilidad de ambos. Era un hombre maduro que sabía muy bien cuáles eran sus deberes paternos en ese momento y estaba dispuesto a cumplirlos. Por si acaso, en su cabeza, resonaba la voz de su propio padre mientras se los recordaba uno por uno y lo alentaba a cumplirlos sin dilación.

Sin embargo, el hecho de tener tan claros sus deberes sumaba más angustia a la ya sentida, pues, como padre y abuelo, también tenía sus propias preguntas sin respuesta. "¿Estaré cumpliendo bien todos los deberes que heredé de las varias generaciones de hombres de mi familia? ¿Habrá tenido mi papá esta misma clase de dudas conmigo? ¿Se es "más hombre" cuanto más deberes se cumplen? ¿Será que eso que llaman madurez es directamente proporcional a la cantidad y calidad de deberes cumplidos? ¿Será que responder apropiadamente ante una emergencia es lo que se espera de todo adulto, sea hombre o mujer?"

Se sentó a esperar a que su hijo saliera del quirófano, pero el cansancio físico y emocional lo hicieron quedarse dormido en la silla. Lo despertó la voz del cirujano:

—Señor, ya puede estar tranquilo. Todo salió muy bien. Dentro de un rato pasaremos a su hijo a un cuarto donde lo podrá ver.

Con mucha dificultad, le respondió al cirujano con un simple y casi inaudible "muchas gracias", porque un tremendo nudo en la garganta le impidió decir más. Por suerte, en ese momento, llegaron su esposa y su suegra, quienes, en un abrazo, recibieron el río de llanto que él ya no pudo reprimir.

Curiosamente, mientras lloraba, se le ocurrió que ese llanto también era un deber, solo que para consigo mismo; un deber que quizás podría cumplir más a menudo.

Escorpio

Nacido un 26 de octubre bajo el signo de escorpio, él mismo se consideraba un "romántico incurable", tan apasionado y sentimental como otros escorpios que conocía o de los cuales había oído hablar a lo largo de su relativamente corta vida adulta.

Había pasado por muchos amores profundos o incomprendidos o imposibles y sentía que su corazón ya no aguantaba más engaños, abandonos, traiciones, frialdades, incomprensiones y cualquier otro adjetivo tomado de canciones populares de tristeza o de despecho que le parecían escritas especialmente para él.

Sintió que su suerte cambiaría por completo cuando inició una relación con un hombre bastante mayor que él, quien daba la impresión de ser muy seguro de sí mismo y muy estable y con quien esperaba tener una relación sin los altibajos emocionales de las relaciones anteriores.

No se le ocurría pensar que el problema podría deberse a su propia inmadurez o inestabilidad emocional, que le hacía actuar como alguien que siempre espera mucho, pero da muy poco.

Se dio cuenta muy tarde, cuando su nuevo compañero se lo hizo ver, con la calma y madurez que en efecto tenía, mientras le explicaba por qué ya no quería seguir en la relación.

Lo bueno fue que esta vez no buscó canciones de tristeza o despecho para lamentarse de su mala suerte, sino que buscó ayuda profesional para ayudarse a madurar.

La familia Octubris: los supersticiosos

Esta era una familia llena de costumbres curiosas que fácilmente podían calificarse de supersticiones, comenzando por el hecho de que su día favorito del año era el de Halloween. Pero además hacían cosas como las siguientes:

Para iniciar el año, tenían como tradición estrenar toda clase de prendas de vestir: ropa exterior e interior, zapatos o accesorios, los cuales, por cierto, debían ser de alguna marca popular y conocida en su medio, porque eso aumentaba la buena suerte.

Desde la noche anterior de la cena de fin de año, todos se preparaban para esperar las doce campanadas. Cada uno tenía un tazón con doce uvas que se comerían (o más bien tragarían) a razón de una por cada campanada, seguros de que no hacerlo provocaría una racha de doce meses de mala suerte. Por la misma razón, cada uno tenía lista una pequeña maleta con unos pocas prendas adentro, con la cual saldrían a dar al menos una vuelta a la manzana, para así a traer la buena suerte para los viajes durante el año.

Quien barriera la casa debía cuidar de que la escoba nunca pasara sobre los pies de nadie, pues era de mala suerte en la vida amorosa. Las mujeres de esa familia jamás debían poner su cartera en el suelo, pues hacerlo traería problemas económicos serios. Algunos miembros de la familia solían dejar bajo su cama un huevo dentro de un vaso con agua, para atraer el dinero y la prosperidad.

Durante la comida, si alguien pedía que le pasaran la sal, jamás se la acercaban de mano en mano; para evitar la mala suerte, simplemente la colocaban en un lugar donde la otra persona pudiera cogerla fácilmente. Sus camas siempre debían estar colocadas con la cabecera hacia el norte o al este, para atraer la salud y buena vida.

Afortunadamente, algunas de esas costumbres comenzaron a cambiar con el tiempo, o, al menos, fueron sustituidas por otras menos fantasiosas, gracias al aporte de algunos miembros de la familia que aprendían cosas nuevas en sus lecturas o viajes y trataban de convencer a los demás de la importancia de revisar sus tradiciones familiares.

Como era de esperar, los cambios terminaron de concretarse cuando los nietos crecieron y comenzaron a invitar a sus amigos o parejas a las actividades familiares y sintieron algún grado de vergüenza por algún comentario cuestionador de sus invitados. Ante eso, los mayores pensaron que debían escoger entre conservar las tradiciones de la familia a como diera lugar, o aceptar la ausencia de algunos miembros en sus festejos.

Con los años, más bien se dividieron en dos grandes grupos capaces de convivir: "los prudentes que seguían respetando las medidas de protección" y "los locos que le perdieron el miedo a las amenazas de la fatalidad". Y todos aceptaron hacer un pacto de silencio sobre el tema, para no alterar la tranquilidad familiar.

Lucho, el guapo

Lucho confiaba mucho en su atractivo masculino y, según él mismo, tenía un largo historial de conquistas exitosas que se lo confirmaban.

No le importaba que algunas de las compañeras de trabajo más atractivas le hubieran rechazado de plano desde sus primeros intentos de coqueteo. Se limitaba a decir: "hay muchos más peces en el mar".

Por eso, le costaba entender el aviso de despido que recibió después de tratar de conquistar a la guapa chica nueva de la oficina, con la cual debió usar todo su arsenal de tácticas de conquista porque ella se le resistía más que las demás.

¿Cómo iba a saber que era ahijada y protegida del dueño de la empresa?

El viajero frecuente

Siendo joven, después de leer varios libros de Julio Verne, se puso como meta conocer todo el mundo, o al menos conocer más lugares que cualquiera de las personas con quienes normalmente se relacionaba. En realidad, quería viajar más que ciertos conocidos que a menudo presumían de sus viajes para lucirse frente a los demás.

Tan pronto tuvo un empleo, comenzó un fondo de ahorro especial para ese fin, aunque todavía no tuviera claro cuándo y adónde viajaría. También exploró todos los medios posibles para viajar a crédito y todas las ofertas de clubes de viajes; esos en que mensualmente se paga cierta suma a una agencia y, al cabo del tiempo, le aplican el acumulado a algún viaje de los que ofrecen.

Por fin logró tener su primera experiencia de viaje. La disfrutó tanto que, aún sin haber regresado, ya estaba planeado la segunda y después la tercera, la cuarta y muchas más. Hasta que, un día, mucho tiempo después, sentado tranquilamente en una banca de un parque de alguna ciudad extranjera, comenzó un diálogo consigo mismo que le pareció fundamental.

Comenzó diciéndose: "Ya veo que, sin importar cuánto más viaje, siempre habrá más lugares y gente por conocer y viajeros más experimentados que yo. Entonces, ¿para qué me han servido los viajes que he hecho hasta ahora?" Y, de inmediato, con tono de frustración se preguntó: "¿será que solo me han servido para darme cuenta de que es absurdo viajar si el objetivo es compararme con otros, puesto que cada uno aprende lo que más le interese o le convenga?"

Luego, más calmado, pensó: "En realidad a mí me han servido para muchas cosas que no pensaba. Me han forzado a hacer muchos cambios, a romper rutinas y abrirme a lo que es distinto. Dormir en otros sitios; comer otras comidas; ajustarme temporalmente a otro climas, otros idiomas, otras leyes; relacionarme con gente que ve la vida de forma distinta, tanto la vida del más acá como la del más allá; gente que se fija más en mi actitud que en la calidad de la ropa que yo tenga puesta ese día".

Se percató, entonces, de que todo lo que viera o experimentara en cada viaje siempre se integraría a su propia personalidad, que todo pasaría a ser parte de aquello considerado su verdadero mundo. Por tanto, en adelante, después de cada viaje ya no hablaría de "adónde fue, qué vio, qué compró", sino de "qué aprendió".

El entrevistador novato

—Gracias por concederme esta entrevista, voy a ser breve para no atrasarlo. La pregunta que me encargaron hacerle es: "Siendo una persona tan conocida, ¿cómo se siente al tener ya setenta y cinco años edad y seguir tan activo en todo sentido?"

—Pues yo me siento bien, en general, pero no sé a qué se refiere con "tan activo". ¿A las actividades intelectuales que hago, o las físicas, o a cuáles?

—Me refiero a ambas, pero si me lo permite, me gustaría que enfatice las físicas…

—Bueno, pero déjeme decirle que mi mente parece estar funcionando muy eficientemente… Y no sé qué le interesaría saber de mi condición física, aunque tengo mi sospecha… pues sé que en algunos medios se comenta que me casé de nuevo ¡y con una mujer 20 años más joven que yo!

—Bueno, sí… No sabía cómo mencionarlo, pero eso le interesa a mi revista…

—No me voy a enojar por eso, pero déjeme decirle que tal vez mi respuesta no les guste mucho. El asunto es que existe el dicho de que "antes de ser viejo y sabio hay que ser joven y estúpido" y, por mi edad y condición mental, yo me considero viejo y sabio. Por tanto, al casarme con ella, en modo alguno actuaba como estúpido. Simple y llanamente éramos una pareja haciendo un pacto de convivencia bastante razonable y justo para ambos.

»Ella necesitaba alguien que le inspirara respeto y yo también. Ella todavía tiene varias responsabilidades familiares y laborales, yo la puedo ayudar porque ya no tengo responsabilidades más que conmigo mismo. Pero lo importante es que ninguno estaba rescatando al otro. Antes de aparecer yo, ella se hacía cargo de sí misma perfectamente y yo también me había organizado muy bien después de enviudar.

»Por lo demás, ella es una mujer madura, con una gran formación académica, que tiene muy claro qué puede o no puede esperar de mí. Y, por supuesto, sabemos que por nuestras edades, ¡esta relación sí podría durar hasta que la muerte nos separe!

—¡Uff!… No se me hubiera ocurrido verlo así... pero… perdone, es que creo que yo estoy confundido... ¿Usted no es el conocido empresario que hace poco tiempo se casó con la conocida exreina de belleza, a la que le lleva muchos años de edad?

—Ja, ja… ¡Ay no… de veras que está confundido! ¡Ese no soy yo! Yo soy... ¿cómo lo diría para su revista?... "el conocido expolítico viudo que se casó con la conocida exdecana divorciada", pero no creo que eso les interese mucho. Así que… más bien tome esto como una prueba de que si usted quiere ser un buen informador debe ser alguien que de antemano ya esté bastante bien informado.

—Bue… bueno… gracias… Perdone… No lo molesto más… has… hasta luego

Sagitario

Había nacido a principios de diciembre, bajo el signo de sagitario y sentía que no era casualidad que desde muy joven se hubiera inclinado por el deporte del tiro con arco.

Asimismo, sentía que a ese deporte le debía muchas otras cosas en la vida, desde su buena condición física hasta sus estudios universitarios, pues había conseguido una muy buena beca como titular en el equipo de tiro con arco de su universidad.

También, gracias a ese deporte fue que conoció a su marido, también practicante del tiro al arco y con el cual tuvo dos hijos que adoraba.

Desafortunadamente la afición al tiro con arco no fue suficiente para mantener el matrimonio, pues el esposo la abandonó a los diez años de casados, porque se enamoró de una chica que practicaba... el tiro con ballesta y eso la hacía muy especial, ¡según él!

La familia Novembris: los migrantes internos

El grupo familiar estaba creciendo mucho más rápido que los limitados ingresos posibles para un trabajador de zona rural con pocos estudios formales; siempre era necesario buscar trabajos adicionales que les permitieran sacar adelante a la familia.

Ahora se daban cuenta de que hubiera sido importante hacer planificación familiar, pero la realidad es que ya eran los que eran y no podían echarse atrás. Además, no podían quejarse, porque eso era lo corriente y esperable en la zona donde vivían. Casi nadie pensaba en planificar, entre otras razones, porque más hijos significaba más manos para trabajar.

La ilusión del primer hijo los había llevado a desear también una hija y, en los años siguientes, siempre sin planeamiento alguno, las pequeñas casas prestadas o alquiladas donde vivían llegaron a albergar un total de nueve personas, padre, madre y siete hijos, dos hombres y cinco mujeres.

—Llevate a Chepito para que te ayude limpiando las caballerizas del patrón —decía la mamá en referencia al hijo mayor—, así podrán comer bien los dos en el rancho y yo veré cómo reparto la sopa entre los demás y cómo mantengo ocupadas a las niñas mayores —obviamente se refería a darles tareas en el oficio de la casa.

Más adelante mantenerlas ocupadas adquirió otro sentido, pues las mayores comenzaron a trabajar fuera de la casa, una como aprendiz de empleada doméstica en casa de unos conocidos, otras dos en la capital, como dependientes de algún negocio y hospedadas en casas de amistades o parientes.

Muy pronto, esas hijas que habían salido a trabajar fuera de la casa se convirtieron en algo así como exploradoras y pioneras: eran quienes preparaban lo necesario para cuando llegara el momento de la mudanza a la capital del resto de la familia Novembris.

Y es que esa era la verdadera meta: migrar en busca de mejores oportunidades laborales, como lo hacen muchas familias rurales en otras partes del mundo; como las que migran en busca del llamado "sueño americano" en Estados Unidos, o las que buscan "el sueño europeo", con inicio, a menudo, en España.

Solo que esta familia, en realidad, no soñaba con llegar tan largo. Les bastaba con ser migrantes en su propio país; cumplir "el sueño citadino" de trabajar y vivir en la capital. El tiempo les confirmó que habían tomado una buena decisión como grupo familiar, pues con el tiempo todos ellos alcanzaron metas con las que antes ni siquiera soñaban.

Aún más, al cabo de los años, a todos los miembros de esta familia Novembris les fue mucho mejor que a varios de los conocidos de la misma zona geográfica de donde provenían, que tras buscar el llamado "sueño americano" acabaron de regreso a su lugar de origen, con muchos sueños rotos, deudas y frustraciones.

El accidente en la moto

Juancho fantaseaba —entre dormido y despierto— con todo lo que haría cuando le dieran de alta en el hospital donde se encontraba desde que lo internaron después de su accidente en la moto, causado por su intento de responder una llamada en su teléfono celular mientras manejaba.

Le parecía agradable que varias veces había visto llegar a algunos policías que preguntaban por el estado de salud y le parecía que eran los mismos que habían llegado al lugar de su accidente para auxiliarlo.

No se había dado cuenta de que, en realidad, no preguntaban por su estado sino por el de dos compañeros de ellos que estaban en el mismo salón cerca, aunque fuera del área de visión que Juancho tenía desde su cama.

Dos colegas policías que venían en un carro atrás de Juancho cuando él se accidentó y que, en la maniobra para no arrollarlo, se volcaron y quedaron muy heridos.

¡De haberlo sabido, quizás Juancho no estaría fantaseando con cuánto disfrutaría de la vida cuando le dieran de alta!

El ejecutivo insolvente

Por su trabajo como propietario y gerente debía viajar frecuentemente a la novísima sucursal de su empresa en una provincia alejada de su ciudad, y sabía que todavía no había suficiente solvencia económica para el pago de hoteles y restaurantes de cierto precio para arriba.

Como tampoco quería hospedarse en lugares que destiñeran la imagen comercial de la empresa, siempre buscaba algún apartamento o casa de alquiler de costo razonable, con facilidades para vivir y atenderse él solo.

Eso no le representaba problema alguno porque así era como vivía regularmente en su ciudad. Un estilo de vida, por cierto, no muy distinto al que tuvo en su niñez y adolescencia, como hijo de una madre soltera que trabajaba fuera del hogar y que le enseñó a hacer todas las diversas tareas de la casa y a ser independiente y ahorrativo.

El verdadero problema vino un tiempo después, cuando la empresa ya había crecido y podía pagarle hoteles y restaurantes, pero él, de todas maneras, quiso mantener el estilo de vida solitario y autosuficiente al que se había acostumbrado; un estilo de vida en el cual evitaba compartir con la gente porque sentía que lo rechazaban y no se le ocurría que los otros podrían pensar que era al revés.

No se daba cuenta de que la solvencia económica de la empresa parecía ser inversamente proporcional a la solvencia emocional de él; que la empresa tenía cada vez más recursos económicos y él seguía teniendo pocos recursos emocionales.

Comenzó a pensarlo cuando la única novia formal que tuvo en la vida terminó con él porque no soportaba que fuera tan autosuficiente y huraño con la gente, una novia que poco tiempo después se había casado con un conocido de ambos, más expresivo, sociable y dicharachero.

El robo en el supermercado

Con unas cuantas compras en su carrito de supermercado, la elegante señora se detuvo brevemente frente a los estantes donde estaban los cosméticos. Durante unos minutos, revisó varios de los productos: algún lápiz de labios, varios delineadores de ojos, dos o tres frascos de cremas para la cara y algo con forma de lápiz que parecía ser para maquillaje más detallado.

Al principio, la encargada de control de la cámara de ese sector no notó nada especial. Muchas clientas hacían lo mismo que esta señora: detenerse unos minutos para revisar unos pocos productos y luego seguir hacia otros estantes. Pero sí le prestó atención cuando, después de haber continuado hacia el sector siguiente, de manera un poco brusca y casi colisionando con otra clienta, se devolvió adonde estaban los cosméticos.

Vio claramente que la señora repetía la revisión de los productos que antes había visto, pero esta vez, tras un vistazo rápido a los alrededores, con cierta torpeza y casi sin disimulo, tomó el artículo en forma de lápiz que antes había revisado y lo metió bajo su blusa, sostenido por la faja del pantalón. Luego, se dirigió hacia el pasillo siguiente donde — como para despistar— tomó al vuelo un producto limpiador de trastos casi sin examinarlo y se dirigió a la caja para pagar.

La vigilante de cámaras, de inmediato se comunicó con el guardia que estaba cerca de las cajas y le contó la situación. Este se acercó a la señora, justo cuando ella ya había terminado de sacar sus compras del carrito y estaba a punto de pagar. Le hizo una seña a la cajera y algo le dijo al oído a la señora, quien, sin parecer perturbada en modo alguno, se levantó un poco la blusa, tomó el artículo escondido en su cintura y lo puso junto con los demás artículos de su compra.

En realidad se mostró más perturbada cuando la cajera le dijo que su tarjeta de crédito había sido rechazada, pero, de inmediato, sin decir palabra, sacó otra tarjeta de su cartera, que sí fue aceptada. Luego salió del supermercado con sus bolsas, como si nada hubiera pasado, mientras dejaba estupefactos a quienes estaban cerca.

Sin embargo, sí que había pasado algo más. Los encargados de vigilancia, al revisar bien las cámaras para hacer el informe del suceso, se dieron cuenta de que, mientras todo eso sucedía, otra señora parecida a la anterior, disimuladamente, lograba salir con su mochila cargada de cosméticos de los más valiosos que había en los estantes.

También se dieron cuenta de que las cámaras del parqueo mostraban a las dos señoras subirse en un mismo carro que las esperaba allí afuera.

Capricornio

Había nacido comenzando enero, pero, aunque fuera del signo capricornio, odiaba a las cabras, porque las consideraba tontas y locas o imprevisibles, como ciertas personas con las que no congeniaba.

Y que él siempre prefería las cosas por conveniencia, como las amistades que tuvo desde su juventud, la carrera que estudió, su matrimonio, sus empleos y todo por el estilo. Quienes llegaban a conocerlo más de cerca sabían que para él todo debía ser "fríamente calculado".

Y hubiera llegado muy lejos, de no ser porque con el tiempo lo desplumó por completo la nueva mujer con quien se casó después de divorciarse de la primera.

Sin duda una mujer más "capricornia" que él, capaz de tener todo aún más fríamente calculado.

La familia Decembris: los de las "abras"

Al principio, este grupo familiar difícilmente podía ser más cerrado. Vivían en una pequeña comunidad rural bastante retirada de cualquier ciudad medianamente importante, una comunidad que había surgido en una época en que el país se daban las llamadas "abras", término usado para referirse a una acción que era legalmente permitida y que se resumía en lo siguiente: "quien encuentre en el campo un terreno sin dueño y esté dispuesto a abrir montaña para asentarse allí, después podrá reclamarlo legalmente como suyo".

Los pioneros de la familia Decembris, dos hermanos y sus respectivas familias, fueron de los primeros beneficiarios de estas abras en esa zona específica donde vivían y lograron tener bastantes tierras habitadas y cultivadas. Posteriormente, habían llegado al lugar otros parientes o conocidos, pero los Decembris seguían siendo considerados la familia principal.

Antes de que llegara más gente, se habían cuidado de evitar problemas de endogamia, pero no habían podido evitar otras clases de problemas, debidos a las limitadas relaciones que solían tener con otros grupos. Por ejemplo, las dificultades provocadas por los límites de las propiedades, ya que ninguno de los miembros de la familia tenía suficiente dinero para comprar todos los terrenos que hubiera querido, pero tampoco querían tener de vecino a personas externas a la familia. O bien, ninguno podía prescindir de los servicios de trabajadores externos que requerían cuando no daban abasto ellos mismos, pero, a veces, tampoco querían compartir los trabajadores que habían disponibles, que, al principio, eran muy pocos.

Peor aun cuando se hablaba de la conformación de parejas matrimoniales. No abundaban jóvenes en edad casadera y que no fueran parientes, por lo que, a veces, se peleaban los pocos que habían, con frases equivalentes al "yo le vi primero", casi como si se hablara de tierras, alimentos u objetos.

Fueron las nuevas generaciones las que se encargaron de que también eso cambiara, pues los más jóvenes de la familia salieron del pueblo para estudiar en la capital o fuera del país y trajeron consigo nuevas costumbres y una visión del mundo mucho más amplia. Llegaron a convertir su pueblo en un centro turístico importante del país, visitado por gente de muchas partes del mundo.

Tanta visitación turística tuvieron, que a menudo les tocó vivir una inquietud como la de alguien que tiene una casa diseñada para un número limitado de personas y debe acomodar el doble o triple de gente en el mismo espacio. Unas veces podían sufrir el impacto de una especie de hacinamiento social y otras, cuando no llegaba mucha gente, una especie de temor de abandono y olvido.

Todo comenzó a desaparecer cuando, por fin, los fundadores cambiaron tanto como sus propios descendientes, y dejaron salir la curiosidad que los más jóvenes habían logrado desarrollar por el mundo cuando tuvieron la oportunidad de vivir fuera de los dominios de los Decembris.

La bruja de los amarres

Damaris sufría profundamente por el abandono de Paco, el hombre de su vida, y decidió buscar a una bruja que practicara hechizos "de amarre" para obligarlo a regresar a su lado, arrepentido y con deseos de permanecer con ella por siempre.

En efecto, Paco regresó, ya fuera a causa del amarre o por cualquier otra razón, pero regresó envalentonado, pues ahora tenía pruebas de hasta dónde ella podría llegar para conservarlo a su lado.

Por eso, con la simple amenaza de abandonarla de nuevo, desde el principio logró que ella actuara como una especie de esclava personal suya, de esas que parecen decir: "tus deseos son órdenes para mí".

Muy poco tiempo después, Damaris se cansó de esa actitud de Paco y decidió buscar a la bruja para que deshiciera el amarre. Se encontró con la noticia de que la mujer había desaparecido desde hacía bastante tiempo, pues huía de la policía por denuncias de estafa.

No le quedó más que pedir ayuda a esa misma policía para que "la desamarraran" de Paco, al presentar una denuncia formal por las ahora frecuentes agresiones físicas que él le hacía.

De dioses y de humanos

—Maestro, ¿a cuál dios debo buscar cuando me siento solo, triste y angustiado?

—¿Por qué preguntas a cuál? ¿Crees que hay varios?

—Bueno, maestro, es que yo sé que mucha gente le reza a un dios invisible que hay en el cielo, en la inmensidad del tiempo y el espacio, un dios etéreo, luminoso, omnipotente; pero me cuesta imaginar un dios así… Lo siento muy lejos de mí.

—¿Entonces preferirías un dios más cercano, aunque sea en las profundidades de la tierra o del mar, donde todo siempre está oscuro? Sería un dios subterráneo o submarino, casi bajos tus pies; como cuando tocas la tumba de un ser querido tuyo, o cuando te rodea el agua del mar y sientes la arena y la sal.

—No sé, maestro, en ese caso, preferiría un dios que se manifiesta en toda la naturaleza, en los animales, las plantas, el aire o el agua, un dios orgánico, parte de la cotidianidad, que esté presente en el maíz con el que hacemos las tortillas que comemos, o en la mascota que nos calma, o incluso en la fiera que nos asusta.

—Si lo quieres tan cercano o tangible, ¿no preferirías darle condición de dios a algún ser humano que te parezca digno de alguna forma de veneración. Sería un dios encarnado, interactuante, visible, que puedes tener cerca e incluso tocarlo. ¡Ve que hasta podrías tener un hijo con este dios!

—No, no, maestro, más bien estoy tentado a prescindir de la idea de cualquier clase de dios, como hacen aquellos que viven su vida sin que les preocupe si lo hay y de qué clase sería...

—O sea, no quieres convertirte en una de esas personas que suelen categorizar a los demás según la clase de dios que han escogido en su vida. Esas personas que parecen tener como lema algo así como: "dime cómo es tu dios y así te trataré".

—Así es, maestro. Me parece que esa posición es la mejor que puedo tener... al menos mientras no entienda la verdadera razón para que la humanidad haya concebido la idea de que existan tantos posibles dioses... y que, además, les hayan otorgado la responsabilidad de haberles creado y regido sus vidas.

—¡Excelente idea... siempre y cuando no se te ocurra que los demás deben pensar igual que tú! Además, ten mucha prudencia para que nadie vaya a creer que eres un extraterrestre disfrazado de humano...

La pasión y la compasión

Su hermano Manuel se lo decía con toda seriedad:

—Esta vez deberías trabajar con pasión; así, con dos palabras separadas, porque es un proyecto que ya otras veces has iniciado y luego abandonado. Ve que lo que está en juego es tu propia credibilidad y confianza en tus capacidades…

Y al escucharlo decir eso, Luis le preguntaba, haciéndose el chistoso:

—¿ Y cómo hago?, si hace tiempo perdí mi pasión y no creo que vendan repuestos en ninguna parte.

Sabía que ese argumento suyo podía ser tan superficial o simplón como la misma recomendación dada por Manuel, pero no se le ocurría ningún otro. Su vida estaba en una fase de estancamiento que ya casi cumplía un año completo.

Como diría su psicoterapeuta, ya debería comenzar a aceptar que realmente padecía de una depresión que se inició cuando murió Pedro, su gran amigo y socio en la empresa de ambos, a causa de un fulminante infarto cardíaco.

Cuando eso ocurrió, Luis tuvo que asumir las tareas de Pedro y muy pronto se dio cuenta de que eran mucho más difíciles de lo que pensaba. Entonces, se sintió doblemente mal: por su torpeza y dificultad para aprender dichas tareas y porque se culpaba de las tantas veces en que había criticado muy fuertemente a Pedro por su forma de trabajar, lo que pudo haber contribuido al infarto.

Así las cosas, parecía estar atrapado en la idea de que, si no había tenido compasión por Pedro, tampoco la podía tener consigo mismo y probablemente seguiría estancado en su vida, sin sentir pasión alguna, hasta tanto no saliera de ese cuarto oscuro donde se encuentran los recuerdos —quizás exagerados— de lo poco que se hizo y de lo mucho que se dejó de hacer.

Acuario

Había nacido a finales de enero y estaba sumamente orgullosa de su signo de acuario: una ánfora de la que se vierte agua.

Desde niña decía, románticamente, que eso marcaría su futuro y que le gustaría dedicarse a trabajar haciendo voluntariado en países donde escaseaba el agua, lo cual le permitiría ser una especie de buena ciudadana del mundo.

En ese momento de su vida, no se podía imaginar que en un futuro, efectivamente, el agua tendría un papel importante en su vida profesional. Que se convertiría en una ingeniera de aguas residuales y trabajaría en África para la Fundación de Bill Gates, en el diseño, mantenimiento y reparación de sistemas de tratamiento de aguas residuales, desde desagües y tuberías hasta plantas de tratamiento químico.

Por supuesto, nunca dudó de que su signo zodiacal tuviera algo que ver en todo esto.

La familia Januarios: los muy diversos

Jean, un hombre negro originario de Haití, pero criado en Honduras, y Marcela, una mujer blanca de origen colombiano, pero criada en Panamá, se conocieron y se casaron en Costa Rica.

De ese matrimonio nacieron primero Gina y luego Pierre, a los cuales criaron juntos durante más de veinte años, antes de separarse Jean y Marcela en buenos términos, básicamente porque ambos habían comenzado a cuestionarse seriamente su preferencia sexual.

Un tiempo después de haberse divorciado, Jean se unió formalmente con Gonzalo, un amigo de toda la vida, de origen marroquí y también divorciado. Marcela, por su parte, hizo lo mismo con su pareja Li Mey, una colega divorciada de origen chino, excompañera de estudios en la universidad, con la que se había ido a vivir después de su divorcio.

La hija de Jean y Marcela, Gina, con 25 años de edad, ya tenía tres de vivir en unión libre con Fátima, una compañera de su colegio, de origen libanés y vecina del mismo barrio.

Su hermano menor, Pierre, desde su adolescencia había preferido la heterosexualidad y tenía varios años de relación con una compañera llamada Sara, de familia judía askenazita radicada en México, que tocaba el violín en la misma orquesta donde él tocaba flauta traversa. Llevaban ya casi un año viviendo juntos y soñando con que les concedieran una beca que habían pedido para hacer estudios musicales avanzados en Hungría.

Jean y Gonzalo, Marcela y Li Mey, Gina y Fátima, así como Pierre y Sara vivían todos en la misma ciudad, relativamente cerca unos de otros. Siempre trataban de reunirse para la celebración de los onomásticos de cualquiera de ellos, o para otras fechas especiales, y hasta invitaban a los parientes políticos de Gina y Pierre y a los ex de Gonzalo y Li Mey.

Le habían dado el nombre de "Naciones Unidas" a las reuniones de ese grupo de gente que todos ellos consideraban su familia ampliada e inclusiva, y con mucha razón, porque en ese grupo se reunía gente proveniente de al menos tres grupos étnicos, unas ocho tradiciones culturales de países distintos, tres grandes grupos religiosos, cuatro idiomas como lengua materna, dos clases de preferencia sexual, varias profesiones u ocupaciones, varios grupos de edad y varios estratos sociales de origen.

¡Alguien que los conocía no pudo evitar hacer un comentario —discreto, pero con un cierto tono de burla— de que compararse con la Organización de Naciones Unidas era una buena forma de sentirse menos raros!

Tránsito intenso y concurrido

Un pato que parecía salido de la nada, tranquila y presuntuosamente, comenzó a atravesar la concurrida calle con vías en ambos sentidos.

Un automóvil blanco se detuvo repentinamente para no atropellar al pato.

Un taxi que venía atrás no tuvo tiempo de detenerse y golpeó levemente al automóvil blanco.

Un autobús, para tratar de evitar un choque con el taxi, hizo un pequeño, pero repentino, giro a su derecha.

Una bicicleta hizo un maniobra rápida para escapar del autobús y, al hacerlo, se subió a la acera y atropelló a un señor con bastón, que no logró sostenerse de pie y cayó al suelo pesadamente.

El señor del bastón se golpeó bastante al caer, tanto que le quedó un gran moretón que requirió diez días y un gran frasco de pomada para desaparecer.

El pato llegó al otro lado de la calle sin un rasguño, aparentemente, sin darse cuenta de nada y orgulloso por la hazaña recién realizada.

El milagro inesperado

No era la primera vez que Marisa buscaba ayuda por ese dolor y cansancio crónicos que la hacían sentirse como atrapada en el cuerpo de una anciana enferma de años y de quién sabe cuántas cosas más. A veces, la habían atendido médicos muy recomendados por conocidos suyos; profesionales respetables y cuidadosos que le recetaban productos con los que obtenía algún grado de alivio, pero ya se había acostumbrado a que siempre era temporal y que pronto necesitaría buscar un nuevo criterio profesional.

Ahora, tras haber perdido la cuenta de cuántos consultorios médicos visitó y cuánto dinero gastó, se percataba de que sus recursos económicos habían menguado significativamente y no podía seguir gastando así.

Comenzó, entonces, a buscar recursos no profesionales de toda clase, recursos recomendados por sus conocidos como efectivos y de menor costo. Visitó consultorios u oficinas, casas, iglesias, apartamentos e incluso ranchos, dentro y fuera de la ciudad. Ingirió líquidos, pastillas, cápsulas, yerbas y cosas que nunca supo realmente qué eran.

Hasta que, un día, por recomendación de unos amigos de confianza, visitó a un hombre que parecía un monje o sacerdote retirado, aunque no fuera ni una cosa ni la otra. Simplemente era alguien a quien llamaban "sanador" y que hacía curaciones al pasar sus manos por partes del cuerpo de la persona, sin tocarla en ningún momento. Hacía algo así como el reiki japonés, aunque el sanador afirmaba no conocer nada de eso.

El caso es que su dolor terminó, aparentemente, para siempre; como lo sugería el hecho de que habían pasado más de cinco años y nunca había vuelto a sufrirlo. Por suerte fue así, porque el sanador desapareció al poco tiempo de haberla atendido y nadie nunca supo más de él.

Muchos de sus conocidos decían que era un milagro y que ella era una prueba de que los milagros existen. Otros se limitaban a decir que en el mundo ocurren muchas cosas inexplicables y que no perderían su tiempo tratando de entenderlas o explicarlas. Su antiguo psicoanalista, defensor de sus predecesores de finales del siglo diecinueve y principios del veinte, insistía en buscar pruebas de que se trataba de una clásica reacción histérica.

Marisa, la ahora exdoliente, se limitaba a decir:

—A mí lo único que me importa es que dejé atrás muchos años de sufrimiento y solo lamento no haberle agradecido al sanador como se lo merecía, pues logró despertar en mí la capacidad de autosanación, como él mismo la llamó (con una sonrisa misteriosa y un tono de secreto) antes de despedirnos la última vez.

El fin del reinado

"Ser agradecidos es de bien nacidos" era la frase que solía decirle su abuelita cuando se le olvidaba dar las gracias por algo que lo ameritaba. Aún ahora, siendo ya una perfecta adulta, aunque recordara bien la frase, a menudo pasaba por alto mostrar su agradecimiento.

Esto ocurría sobre todo cuando un favor que le hacían no le parecía un favor sino una obligación cumplida por la otra persona. Por ejemplo, el empleado que la atendía amablemente en la abarrotada cafetería de su edificio, o el repartidor que le llevaba a domicilio las compras de la farmacia en medio de la lluvia. No se detenía a pensar que esos empleados pudieron haberla atendido o entregado las cosas con displicencia, con malas maneras y que, en lugar de eso, le habían dado una buena atención.

Peor aún, a menudo, más bien se convertía en una supervisora *ad honorem* de la gente y rara vez pasaba por alto defectos o faltas que encontrara. No titubeaba, ni por un instante, en denunciar ante los superiores a quienes consideraba malos empleados. Por supuesto que, en ese momento, se convertía en una quejosa experta en acusaciones implacables, a quien era mejor atender de inmediato para evitar sus represalias.

Muy pronto, comenzó a actuar de manera semejante con sus allegados más cercanos, familiares y amistades, los cuales aprovecharon una reunión social, en la que ella no estaba, para lanzar una especie de proclama en la cual se la declaraba *non grata* por su constante uso de tácticas intimidatorias con ellos.

Al principio, ella ni cuenta se daba de que el clima familiar estaba cambiando de normal a frío y, luego, a muy, muy frío. El hijo mayor aprovechó una beca para irse al extranjero a continuar sus estudios universitarios. La hija, también universitaria, se fue a vivir con su novio en el apartamento donde él vivía. El esposo, dueño de una empresa que hacía poco había abierto una sucursal en otra provincia, le dio la excusa de que había alquilado un apartamento cerca de esa oficina porque se le hacía muy cansado viajar tanto.

Ninguno quería volver al hogar, y mucho menos el marido, que muy pronto le pidió el divorcio porque se iba a casar con su asistente en la empresa, con la cual salía desde ya hacía mucho tiempo.

Le costó mucho aceptar que ya no tendría quién la atendiera como la reina de la casa, porque se había quedado sin súbditos, que más bien tendría que ser su propia mucama y la de las mascotas que ella había adquirido a pesar de las dudas de los demás miembros de la familia.

Piscis

Nacidos ambos un cinco de marzo (aunque en diferente año), Rosa y Alberto no se conocían de nada, pero coincidieron en una piscina el día que ambos cumplían años.

Estaban en ese lugar por casualidad, invitados por amigos que, en ese momento particular, preferían tomar tragos y bailar, mientras Rosa y Alberto habían tomado la misma decisión: meterse a la piscina para ambientarse al grupo y el lugar.

También, como si se hubieran puesto de acuerdo, cada uno comenzó a hacer rutinas de nado, sin pensar que una piscina llena de gente no era el mejor lugar para eso. No fue extraño, entonces, que, en algún momento, chocaran con alguien, que resultó ser el uno con el otro.

A partir de allí, comenzó una relación que se extendió por mucho tiempo. Siempre contaban la anécdota de que, por ser ambos piscis, se conocieron porque ese día nadaban en sentido opuesto, como los peces del respectivo signo del zodiaco.

La familia Februarious: los de planes y sueños

Eran una familia donde abundaba la sensibilidad y la creatividad. El padre era un músico profesional que tocaba la viola en una importante orquesta; además, daba clases de su instrumento en el principal conservatorio del país. Soñaba con tener independencia laboral al crear su propia escuela de música y convertirse en productor musical.

La madre era filóloga, profesora de literatura en una importante universidad pública y, adicionalmente, trabajaba como evaluadora de nuevas obras y correctora de estilo para dos editoriales importantes del país. Había alcanzado bastante renombre dentro de su campo, pero soñaba con el momento en que pudiera sentarse a escribir sus obras literarias, para lo cual siempre apuntaba en un cuaderno ciertas ideas interesantes que la podrían convertir en escritora a tiempo completo.

Tenían una pareja de hijos jóvenes adultos que aun vivían en la casa familiar. El hijo se había graduado en sociolingüística; daba unas clases de español en un colegio de secundaria para poder pagarse sus gastos personales básicos. El resto del tiempo lo dedicaba a una interminable tesis doctoral que analizaba ciertos aspectos comparativos entre las cinco lenguas indígenas habladas en América Latina, incluyendo quechua, aymara, guaraní, náhuatl y mapuche.

La hija había seguido las inclinaciones musicales de su padre y había estudiado en la facultad de música para ser compositora y concertista de piano, su instrumento favorito. Aún no se había graduado porque había decidido que su recital de graduación debía ser con una composición suya y siempre encontraba algo que le faltaba a la partitura escrita, ya fuera por su mucha o poca complejidad musical, o por la mucha o poca dificultad requerida para interpretarla.

No había duda de que todos ellos eran gente muy ocupada; gente que trabajaba mucho y muy eficientemente para cumplir con sus obligaciones cotidianas de trabajo o estudio.

Sin embargo, eso era todo. Hasta ahí llegaban sus esfuerzos. La escuela de música y el trabajo de productor musical del padre, el desarrollo de los temas literarios que convertirían a la madre en escritora, la tesis doctoral del hijo, así como la partitura y el recital de la hija, todos eran y seguirían siendo sueños por quién sabe cuántos años más.

Hacían planes de todo; pero planes era todo lo que sabían hacer. Muchos planes y pocas realizaciones. Precisamente por eso, varios de sus conocidos los criticaban diciendo que, unos más otros menos, los Februarious eran víctimas de su propio perfeccionismo y quién sabe si también de su arrogancia.

La vendedora de lotería

Llegó a vender lotería a un pequeño grupo de turistas nacionales que estaba tomando un helado para refrescarse del calor del puerto. Ninguno pareció interesarse por comprarle, aunque alguien sí se interesó por ella como persona y le ofreció una bebida refrescante. Se sentó en la misma mesa a beberla, sin mirar la cara de los meseros que quizás la censuraban por su supuesto atrevimiento.

De habla fácil, resumió su historia ante las preguntas de sus improvisados anfitriones, una historia de limitaciones y sacrificios de toda clase. Era la narración de una adulta mayor con diabetes avanzada, responsable de un marido mucho mayor que ella y con limitaciones físicas para trabajar en algo. Una mujer que, además, paga por el cuido de un hermano también discapacitado y que tiene cinco hijos grandes que viven aparte, pero un día sí y otro también, algo piden y poco dan, si es que dan algo. Una mujer acostumbrada a trabajar y trabajar, día y noche, todos los días; una adulta mayor que vende lotería, cajetas, cocadas y otros dulces regionales artesanales, más cualquier otra cosa que le pidan vender. Alguien que debe cargar productos de un lado a otro y administrar con mucho cuidado las limitadas ganancias obtenidas de sus diversas ventas. Una mujer que descansa poco y come descuidadamente, lo que agrava su diabetes.

Todos en el grupo terminaron sus bebidas admirados por la historia de ella y así se lo hicieron saber. Incluso, algunos le compraron unos pedazos de lotería. Ella lo agradeció y siguió su camino, quizás con el corazón tan reconfortado como su sed, pues sonrió bastante ante los halagos realizados por su esfuerzo.

Los turistas también siguieron su camino, acompañados de la sensación de haber tenido una experiencia muy especial: a la vez que ayudaron a esta señora al invitarla a comer y comprarle lotería, le permitieron un rato de descanso y la hicieron sentir que su vida tenía sentido y podía interesarle a alguien.

Durante el viaje de regreso todos parecían estar muy pensativos y serenos, como si vinieran de una ceremonia que alcanzó un especial nivel de espiritualidad que aun estaban disfrutando. Y ni siquiera los más locuaces quisieron interrumpir a los demás.

El viejo amor escondido

A Celia le parecía literalmente increíble estar almorzando con Gerardo en ese restaurancito de montaña, tan parecido a los sitios frecuentados por ellos en esa misma zona unos veinte o más años atrás. Y es que, después de tanto tiempo sin verse, ella regresó al país por unos días para resolver asuntos familiares, le contactó y le propuso verse. Él aceptó de inmediato y, el día pactado, después de recogerla en la casa donde ella se hospedaba, como sin pensarlo se encaminó hacia ese lugar tan lleno de recuerdos. Ella no lo objetó.

Ya en el restaurante comenzaron a hablar de esa época universitaria, cuando salían juntos tan frecuentemente que muchos conocidos los veían como una pareja regular, aunque en realidad no lo fueran. Estos mismos conocidos que se sorprendieron al saber que después de haberse distanciado inexplicablemente, poco tiempo después cada uno se casó con alguien de quien el grupo sabía muy poco.

Habían terminado de comer y ya se habían puesto al día de todo lo más básico: sus matrimonios, sus trabajos, sus hijos, etc. Sin embargo, en ese punto, Gerardo, con cierto tono melancólico, le dijo a Celia:

—No sé en tu caso, pero este encuentro de hoy lo imaginé durante muchos años. Quería tener algún día la oportunidad de decirte cuánto dudé de la decisión que tomé en aquella época... la de casarme con otra persona... Te quería muchísimo, pero me había cansado de que siempre parecía llegar tarde a tu vida, siempre alguien se me adelantaba... Y un día decidí ir a lo seguro y tratar de enterrar todo...

Celia, con tono de tristeza, respondió:

—Yo lo sospechaba o, más bien, lo sabía. También te quería muchísimo, pero me comía el miedo... miedo de que, tal vez esperabas, demasiado de mí... y yo no me sentía preparada para algo serio... Tardé años en entender que era por esa inseguridad que salía con tipos tan inmaduros como yo... ji, ji... esos que te provocaron celos y que al final te hicieron alejarte de mí. Supongo que, por eso, acabé aceptando al inmaduro que me llevó lejos de mi país y mi familia... lo que me hizo madurar de una vez por todas.

Gerardo sintió un vuelco en su corazón ante la confesión de ella y recordó aquel verso que dice "¡Qué dolor el de los años, pasión de mis veinte años!". Se quedó silencioso y pensativo un ratito y, luego, con cierto tono nostálgico le dijo:

—Parece que ya todo está dicho, ¿nos vamos ya?

Ella respondió con un gesto triste de asentimiento. Se tomaron de las manos a través de la mesa, sin decir palabra, mientras esperaban al mesero con la cuenta. Después, caminaron hacia el carro, abrazados como dos personas que se quieren. Iniciaron, entonces, un lento recorrido de regreso hasta el lugar donde se hospedaba Celia, eternizando el tiempo con más silencio. Antes de bajarse ella del carro, se despidieron con un beso en la boca como los enamorados que una vez habían sido.

Ambos sabían, tácitamente, que ese beso sellaba el secreto de un encuentro muy intenso y cariñoso de dos adultos, quienes, un día cualquiera y en un lugar significativo para ambos, se despidieron mientras eran realistas y fieles a las decisiones tomadas cuando eran jóvenes, aunque ese día hubieran deseado tener una máquina del tiempo para volver al pasado.

Compañeros de viaje

Matilde leyó con mucho detenimiento el anuncio de la excursión llamada "La península Ibérica". Le parecía como si la hubieran planeado siguiendo su lista de deseos. Recorría buena parte del norte de España, atravesaba Portugal a todo lo largo, cruzaba casi toda Andalucía y se devolvía a Madrid, su punto de inicio.

¿Qué más podía pedir? Pues alguien que la acompañara, porque, además de que no se sentía segura al viajar sola, el precio de la excursión con habitación individual se salía totalmente de su presupuesto. Al principio había pensado viajar con una sobrina suya, pero la chica después se retractó por razones de trabajo o de dinero, o ambas.

Decidió comentar el asunto entre su grupo de amistades más cercanas, sin embargo, se topó con objeciones parecidas a las de su sobrina. La única excepción fue Leopoldo, un vecino y amigo de muchos años, pensionado del magisterio como ella, con quien había compartido varios paseos grupales dentro del país, y que le explicó que él sí podría ir, siempre y cuando a ella no le preocupara si sería o no mal visto por los demás, ya que no quería ponerla en una situación comprometedora.

Al escucharlo decir eso, Matilde se recriminó a sí misma por su inocencia, pues, en ningún momento, se le había ocurrido viajar en compañía de un hombre. Ciertamente, era soltera, aunque no porque jamás hubiera tenido pareja. Era solo que nunca tuvo un novio que pudiera llamarse tal; o sea, al que viera con regularidad y exclusividad, o que quisiera casarse o vivir juntos y con quien ella deseara eso mismo. Hasta donde sabía, Leopoldo había vivido una situación parecida a la suya.

Por eso, después de pensarlo bien, decidió enfrentar sus temores y prejuicios y aceptar la propuesta de Leopoldo. La aceptó justificándose a sí misma de muchas maneras: "él es un adulto como yo; es un hombre decente a quien conozco desde hace mucho; casi como si fuera un pariente. Además, por razones de costos, en estas excursiones, suelen reservar camas separadas y más bien algunas parejas formales deben insistir para que les den una matrimonial para ambos. Por lo demás, todo el mundo sabe que siempre hemos sido buenos amigos y que él es muy respetuoso".

Lo que Matilde no sabía era que Leopoldo era su admirador secreto desde hacía mucho tiempo y nunca se había atrevido a decirle nada por miedo a perder una buena amiga. Lo que Leopoldo no sabía era que durante el viaje vivirían y compartirían situaciones que podrían cambiar las vidas de ambos.

Nadie supo lo que realmente sucedió durante el viaje, ni se atrevió a preguntarlo. El caso es que, para Matilde y Leopoldo, fue el viaje de inicio de su vida como compañeros de viaje por la vida.

Y UN EPÍLOGO

El día de la partida

Billo se sentía muy cansado para atender visitas, saludar a tanta gente que entraba y salía, tratar de contestar preguntas a veces intrascendentes o fuera de lugar. Todo eso se le estaba convirtiendo en una tarea más allá de sus fuerzas y su paciencia.

Sabía que así pasaría cuando regresara a su casa después de salir del hospital, pero saberlo no lo hacía más tolerable.

Se le hacía difícil, aunque su familia realmente se esmeraba por atender a los visitantes, les agradecían y los invitaban a servirse café y reposterías en la mesa del comedor.

Todo esto al mismo tiempo que se esforzaban por ofrecerle a él tantas facilidades como fuera posible para que estuviera bien y para que dispusiera de un espacio cómodo en todo sentido: la cama, la luz, la temperatura, el baño y todo lo demás.

El cansancio llegó a tal punto que no pudo evitar quedarse dormido mientras escuchaba las voces de la gente como en un murmullo lejano. Tan profundamente dormido que no pudo escuchar la tan temida noticia esperada por todos desde hacía varios días:

—Todo parece indicar que ya se nos fue Papá… que en paz descanse.

De haberla escuchado, quizás no podría saber si lo estaba soñando o si era su espíritu, ya separado de su cuerpo, quien la escuchaba. Como tampoco se pudo imaginar tantos llantos por su partida, ya fueran de su familia o de mucha gente que lo quería mucho, aunque él nunca lo hubiera sabido o siquiera sospechado.

El hombre de las manos generosas

Era un hombre cuyas manos podían arreglar casi de todo. Bueno, no solo sus manos, ya que estas eran guiadas por un ingenio fuera de lo común, gracias al cual podía identificar qué era lo que estaba mal y cómo se podría solucionar.

Eso no era todo; también tenía siempre la suficiente buena voluntad para atender bien a quienes le buscaban. Podía ser un vecino con algo para reparar: desde unos zapatos rotos hasta unas alforjas o una cubierta de machete; o con algo para vender: desde un billete de lotería hasta unos tamales caseros.

Nadie sabía cómo aprendió a hacer tantas cosas y de dónde le salía tanta buena voluntad para hacerlas. Como tampoco nadie sabía por qué comenzó a especializarse en arreglar zapatos viejos.

Zapatos viejos y normalmente baratos, de gente de su comunidad que, sin duda, no podía comprar unos nuevos y que solo podía pagar la modesta suma que él cobraba por su trabajo.

Por eso, mucha gente lo extrañó después de su muerte. Gente que siempre lo recordaría como "el zapatero de los pobres" y que se preguntaba "¿por qué los buenos tienen que irse tan pronto?"

Peregrinos por el camino

Un día, sentado cerca de muchos peregrinos que iban llegando a la plaza frente a la Catedral de Santiago de Compostela, se percató de que, por el simple hecho de estar allí, también era uno de ellos. Lo era, aunque no hubiera llegado a ese lugar en carácter de peregrino como tal, ni tuviera alguna promesa que cumplir o alguna petición que hacer.

El hecho es que estaba allí junto a ellos, junto a personas que no conocía de nada pero que quizás tenían promesas o peticiones, que quizás decidieron y planearon ese viaje desde hacía mucho tiempo, que tenían la meta de llegar allí —por la razón que fuera— y que haberla cumplido les daría la satisfacción de sentirse personas maduras que se esfuerzan por cumplir sus ideales.

Él solo había llegado a ese lugar como parte de un viaje turístico cualquiera. Un viaje que, en otra época pensó en hacer, pero no hizo, porque le parecía que comprometería seriamente las que en ese momento consideraba sus responsabilidades primordiales en términos de tiempo y dinero.

Ahora, en esa plaza, dudaba internamente de la decisión tomada en ese entonces. Una parte suya le decía: "actuaste muy maduramente", otra parte le decía: "en realidad fuiste demasiado miedoso, timorato y por eso no te atreviste".

Se le ocurrió, entonces, que quizás muchos de los peregrinos en la plaza también estarían resolviendo dudas existenciales como las suyas, o equivalentes. En tal caso, él sí podía considerarse un peregrino más, un peregrino por el camino a la madurez.

Sonrió para sus adentros y se dijo a sí mismo, con satisfacción: "¡Pues no lo había pensado, pero sí, en efecto, soy un peregrino por el camino a la madurez; esté donde esté, seguiré siendo peregrino el resto de mi vida!"

Una mente loca y saltarina

Se le ponía la cara roja de vergüenza con solo pensar en que alguien pudiera leer en su mente las extrañas y locas ideas que entraban y salían constantemente. Ideas de todos los temas, tamaños, colores, duraciones, sonidos, o profundidades de estados de ánimo; ideas sobre el momento actual, o el pasado o el futuro; ideas que le disparaban emociones inesperadas: miedo, risa, orgullo, tranquilidad, enojo o confusión, un poco de todo eso al mismo tiempo.

Eran ideas propias o tomadas en préstamo de algo escuchado o leído; ideas sobre él mismo o sobre otras personas, sobre cosas serias o triviales, cosas ocurridas o por ocurrir; sobre lo que acababa de leer o lo que podría o debería leer después; sobre lo que veía en las personas con quienes se topaba en algún sitio: personas muy conocidas, o solo medio conocidas o del todo desconocidas.

Se trataba de ideas que se quedaban quietas un momento, pero se escapaban un instante después, tan pronto intentaba atraparlas. Ideas que no sabía si eran recuerdos, o creaciones propias, o más bien premoniciones de algo más. Ideas que le parecían interesantes, ingeniosas o inteligentes, al menos mientras no les encontrara pies o cabeza, pues quizás se esconderían como si estuvieran jugando de importantes.

Le desesperaba tanto la fugacidad de muchas de sus ideas que un día decidió comenzar a escribirlas para evitar que se le escaparan, para ponerles una especie de cerco, un título de propiedad que le permitiera distinguirlas de las ideas de otras personas.

Se le ocurrió que no sería extraño que algo parecido hubieran pensado sus escritores profesionales favoritos, aquellos cuyas obras tanto le llenaban de curiosidad y admiración. Entonces, se preguntó a sí mismo: ¿será que algún día podré añadir la profesión de escritor a mis credenciales?

De inmediato, sonrió al pensar que también eso era otra ocurrencia de su mente loca y saltarina, pero no pudo evitar hacerse otras preguntas sobre el tema: ¿En qué momento se pasa de ser escribidor a escritor? ¿Dónde se obtiene la credencial de escritor? ¿Qué requisitos se deben cumplir para recibir y usar dicha credencial? ¿Existirá alguna escuela, universidad u oficina que otorgue un título formal de escritor? ¿Será que primero hay que escribir varios libros y ganar algún concurso literario?

"¡Muchas preguntas y pocas respuestas precisas… esas de mi mente loca y saltarina!", se dijo a sí mismo. "Creo que ya es hora de dejar de escribir y tomarme un sueñito… si es que mi mente me deja…"

Agradecimientos

La versión final de esta colección de relatos es producto del esfuerzo de una serie de personas allegadas mías, que tuvieron la gentileza de revisar los borradores presentados y hacerme valiosos e interesantes comentarios que contribuyeron a mejorar considerablemente el texto.

Aurora Cascante Serrano, mi esposa y colega psicóloga, fue la primera en revisar mis borradores, labor que realizó inmejorablemente, con todo su amor, pero sin perder el rigor ni por un instante.

Laura Rodríguez Miranda, Sharon Esquivel y Andrea Robles, todas ellas parte de mi familia afectiva, complementaron la labor de mi esposa con el mismo cuidado y entusiasmo, cada una con la visión propia de su respectiva profesión.

Verónica Murillo Chinchilla, profesora con rango de catedrática de la Escuela de Lenguas Modernas de la UCR, amiga y lectora contumaz e impenitente, hizo una revisión muy cuidadosa del texto y me dio una visión externa sumamente valiosa acerca de todo el contenido, propia de alguien que en su vida ha leído de todo y de todos.

Doy fe, entonces, de que tengo una deuda de cariño con todas ellas, que espero seguir pagando con mi propio cariño.

Asimismo, agradezco profundamente a todo el personal especializado de la Editorial Abyad, comenzando por su Director, el escritor José Pablo Chacón, por sus esfuerzos para lograr que esta obra adquiera toda la apariencia de un libro digno de leerse.

Especial mención merece Lucía Zúñiga Solano, por su cuidadosa revisión filológica, que además me inspiró a hacer una serie de cambios cosméticos en el texto original. Lo mismo se aplica para Kattia Rigg, por su creativo trabajo en la maquetación del libro, que sin duda alguna lo hace tan agradable a la vista que tal vez atrape a más posibles lectores que su contenido o su autor.

Mi agradecimiento a todas estas personas citadas por su conocimiento, habilidad y paciencia para hacer que esta obra parezca ser algo más que una lista de ocurrencias escritas por "una mente loca y saltarina", como la mencionada en el último relato o historia del libro.

Abril del 2024

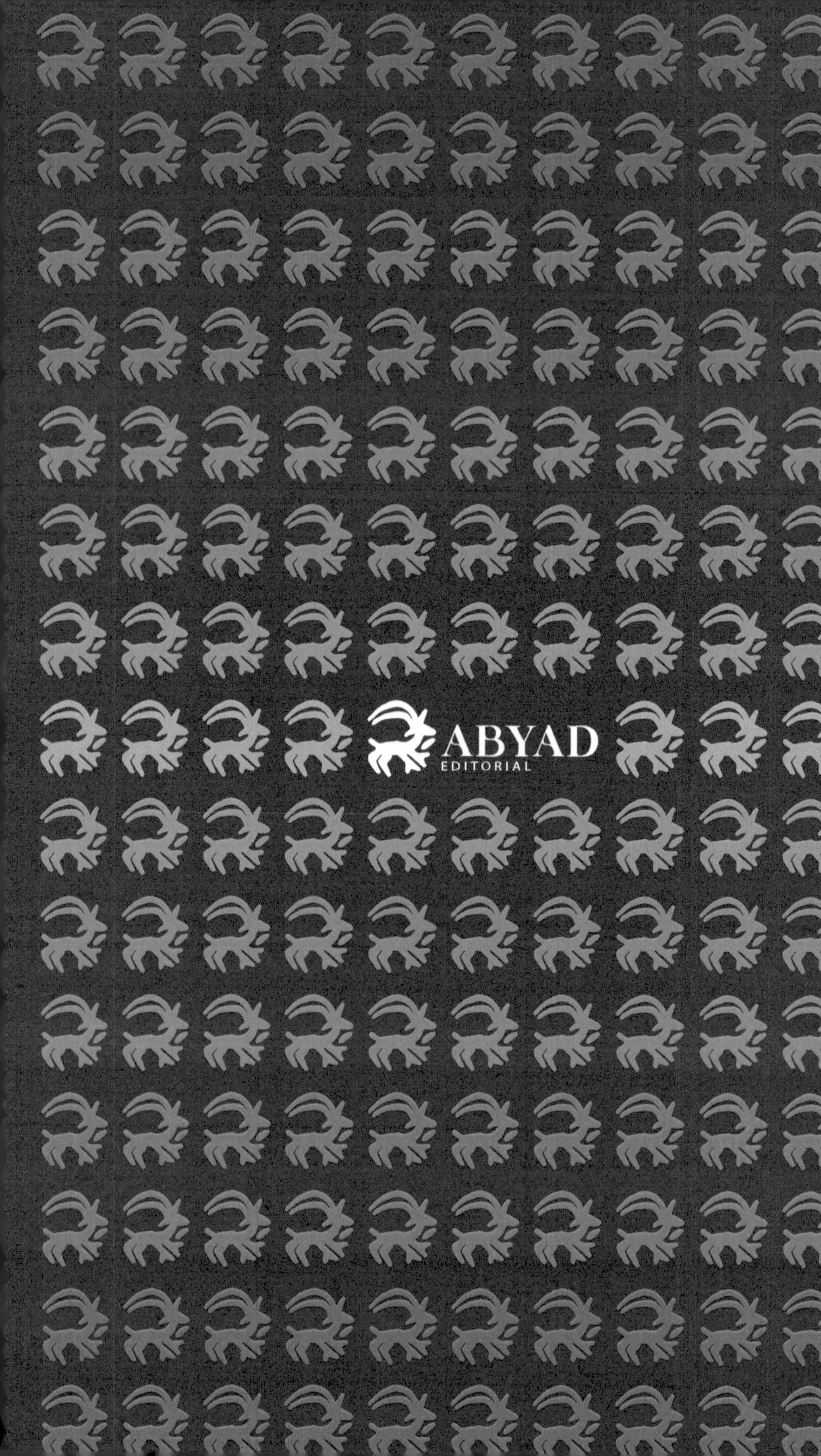
ABYAD
EDITORIAL